静待花开

赵静 著

梦飞 整理

生活·讀書·新知 三联书店

图书在版编目(CIP)数据

静待花开/赵静著. —北京:生活·读书·新知
三联书店,2022.2
(克勒门文丛)
ISBN 978 - 7 - 108 - 07207 - 8

Ⅰ.①静… Ⅱ.①赵… Ⅲ.①回忆录—中国—当代
Ⅳ.①I251

中国版本图书馆 CIP 数据核字(2021)第 141336 号

责任编辑 徐旻玥
封面设计 刘　俊
出版发行 生活·讀書·新知 三联书店
　　　　　(北京市东城区美术馆东街 22 号)
邮　　编 100010
印　　刷 常熟高专印刷有限公司
版　　次 2022 年 2 月第 1 版
　　　　　2022 年 2 月第 1 次印刷
开　　本 710 毫米×1000 毫米 1/16 印张 13
字　　数 143 千字
定　　价 68.00 元

赵青静

▲ 上海剧团排练话剧《大世界》饰演姜夫人

▲ 2017 年，在上海外滩

▲ 2016 年的我

▲ 1984 年,短发的我

▲ 拍摄于 1993 年的一组照片

▲ 拍摄于 1980 年的一组照片

▲ 1984 年，电视剧《洋场歌星》造型照

▲ 倚树而立

▲ 上影剧团声影朗读《叶甫盖尼·奥涅金》节选,饰演达吉亚娜

▲ 话剧《阳光驿站》演出剧照

▲ 舞台演出歌曲《牧羊曲》

▲ 在美国访问演出

▲ 2020 年，完成画作《牡丹图》

▲ 我的画:《花开富贵》

▲ 参加国际海报大赛,获得入围奖

▲ 赵静摄影作品:《外滩》

序一　留住上海的万种风情

陈　钢

　　当我们走进上海的大门——外滩时，首先听到的是黄浦江上的汽笛长鸣和海关大楼响起的钟声。那是上海的声音、历史的声音和世界的声音。接着，我们可以看到那一道由万国博览建筑群组成的刚健雄伟、雍容华贵的天际线，它展示了作为现代国际大都会大上海的光辉形象。当我们转身西行，乘着叮当作响的电车驶进夹道满是梧桐树的淮海中路时，又会在不知不觉里被空气中弥漫的法国情调所悄然迷醉，也会自然而然地想起张爱玲所说的"比我较有诗意的人在枕上听松涛、听海啸，我是非得听见电车响才睡得着觉的……"。除了这张爱玲所特别钟爱的上海"市声"外，我们还能在电院、舞厅和咖啡馆里找到世界的脉搏和时代的节奏，找到上海的声音。丹尼尔·贝尔认为："一个城市不仅是一块地方，而且是一种心理状态，一种独特生活方式的象征。"上海是中国一块得天独厚的风水宝地，它不仅使古老的中国奇迹般地出现了时尚繁华的"东方华尔街"和情调浓郁的"东方巴黎"，而且催生了中国的城市文化——海派文化，催生了中国的第一部电影、第一个交响乐团、第一所音乐学院和诸多的"第一"……

　　"克勒"曾经是上海的一个符号，或许它是 class（阶层）、color（色彩)、classic(经典)和 club(会所)的"混搭",但在加上一个"老"字后,却又似乎多了层特殊的"身份认证"。因为,一提到"老克勒",人们就会想到当年的那些崇尚高雅、多元的审美情趣和精致、时尚生活方式的"上海绅士"们。而今,"老克勒"们虽已渐渐离去,但"克勒精神"却以各种新的方式传承开发,结出新果。为此,梳理其文脉,追寻其神韵,同时将"老克勒"所代表的都会文化接力棒传承给"大克勒"和"小克勒"们,理应成为我们这些"海上赤子"的文化指向和历史天职。于是,"克勒门"应运而生了!

"克勒门"是一扇文化之门、梦幻之门和上海之门。推开这扇门,我们就能见到一座座有着丰富宝藏的文化金山。"克勒门"是一个文人雅集的沙龙,而沙龙也正是一台台城市文化的发动机。我们开动了这台发动机,就可能多开掘和发现一些海上宝藏和文化新苗,使不同的文化在这里可以自由地陈述、交流、碰撞和汇聚。

记忆是一种责任。今天,当我们回望百年上海时,都会为这座曾经辉煌的文化大都会感到自豪,但也会情不自禁地为那一朵朵昔日盛开的文化奇葩的日渐萎谢而扼腕叹惜。文化是应该能逗留的。为了留下这些美丽的"梦之花",为了将这些上海的文化珍宝串联成珠,在人世间光彩永放,"克勒门"与发祥于上海的"老牌"出版社生活·读书·新知三联书店共同筹划出版了这套"克勒门文丛",将克勒门所呈现的梦,一个一个地记录下来。

"克勒"是一种风度、一种腔调,更是一种精神、一种文化。让我们一起走进"克勒门"和"克勒门文丛",寻找上海,发现上海,歌唱上海,书写上海,让我们每个人都成为有历史守望与文化追寻的梦中人,将高雅、精致和与时俱进的海派文化精粹传承发扬,用我们的赤子之心留住上海的万种风情!

这里,我们所推出的是表演艺术家赵静的自传体散文《静待花开》。

赵静很静也很美,她应该叫"赵静美"。但她却隐去"美",只剩下了一个"静"。可是赵静"静"吗？是的，毋庸置疑，因为人们很难从她脸上度测到她内心的波澜，而赵静的美却是被大众公认的。有人说她人美、艺美、心美；有人说她独具古典美，特别是在古装电影《笔中情》中的她。也有人说，她还有现代美，时尚美，不信，请看电影《海之恋》和《街上流行红裙子》中的她。当然，作为一个表演艺术家，我们可以从她的电影作品和其他艺术领域中找到她美的历程和各种美的印证。

1973年，十年未能拍戏的上影厂终于有了动静。导演赵焕章突然发现了一个出自河南的好剧本《新风歌》。于是，他立即风风火火地赶到郑州找寻演员。当他在河南省曲艺团的排练厅见到正好在主持节目的赵静时，顿时眼前一亮，当场拍板，将她"挖"到上海来出演主角宋文英。宋文英和当初因本色美和朴素美而被选中拍戏的赵静可不一样，她是个农村妇女，一个窑厂里的女厂长，当她在修理有一层高的渡槽时，必须快手快脚，来回不断地接住底下工人给她撂上来的砖，而这个细节正好表现了宋文英的勤劳美和干练美。为此，赵静还学会了专业的"抛砖术"。后来鲁韧导演告诉她，当时选她当女主角是有风险的，因为她只是一个从来没有演过电影的、没有任何镜头感的曲艺演员，而且还要这位少女去演一个新婚的媳妇。赵静自己也不自信，因为她觉得"曲艺是一个人的事儿，在一个段子里连说带唱，一会儿是小孩，一会儿又是老头老太"，哪里像电影有那么多对手戏的交流与蒙太奇的分切。幸亏导演觉得她"好在还自然，还比较机灵"，才选用了她。后来，当摄制组从河南回上海电影制片厂4号棚开机拍摄内景时，不少闻"美"而来的厂里人都会弯到这里来求解一下心中的谜，瞄一瞄那双水汪汪的、澈亮的大眼是如何拨开导演的慧眼的。而赵静，就是这样在一个稀缺美的年代，将美的新风吹进了人们的心间，泛起了一阵美的微波。

《海之恋》是一部"伤痕文学"时代中的代表作，它整体是黑白片，但当出现回忆场面时就用彩色片，那种"快闪"式的彩色暗示了美的稀缺和曲折，但更显现了美的力量和可贵。赵静在这出戏中主演青年女工立秋,她为了追求自己的爱情,从开始的热情执着到后来的被迫违心选择,最后听从了内心的召唤,回归到了人性,回归到了自己,回归到了美的原点。她表现了一个女性在人性扭曲时代大起大落的心潮波动和对美与爱的渴求。1980年,赵静在《冰山雪莲》中通过饰演西藏姑娘金珠达娃表现了另一种质朴美、粗犷美、刚毅美。那时,他们远往雀儿山下海拔近5000米的地方拍摄,皮肤被紫外线烤得层层剥落,而几十根辫子又编成了盘在头上的麻花,痒时就只能用篦子抓。她那时的模样,几乎就和当地的藏族姑娘完全一样。《笔中情》是"文革"后拍摄的第一部古装片,导演要求"怎么样美就怎么样拍"。好在端庄大方、温婉秀丽是赵静的本色,也是主人公齐文娟的相貌。赵静为了更好地表现齐文娟的大家风范,自己也着实过了把"笔中情"的瘾——她忽而高唱低吟,忽而琴棋书画。她把特有的东方美呈现给世界,让外国观众领略了中国传统文化的神采与精妙,之后,这部电影还在法国鲁瓦扬国际电影节中荣获了外国影片奖。

美应该是多彩的。赵静能演能唱能朗诵,能赋予各种角色以不同色彩。她既能以轻喜剧风格的"新风歌"开局,又能以缠绵曲折的《海之恋》续篇。在那个灰蓝相间的"无声无色"的年代,她以一抹红色——《街上流行红裙子》点燃了一个时代的青春火焰,唤醒了少女们对美的渴望,也掀起了一股时尚风潮,而电影中那个身着一身红裙的女工陶星儿就是她——赵静。据她回忆,那时上海有一个公园,姑娘们都穿着漂亮的裙子在那里PK谁比谁更美,而她自己也特地设计了一个低圆领无袖的裙子,底下则是180度的大摆,走起路时显得特别飘逸。是呀,在物质匮乏的年代,人们竟然还没有忘记美,就像没有忘记自己的存在一样。

赵静在银幕上所塑造的一个个温婉贤良的女主角似乎都是她自己的化身,但作为一个表演艺术家,最为向往的是能塑造不同性格的角色。为了突破自己,她故意选拍了与自己性格反差很大的片子。如在影片《车水马龙》中,她饰演了一个性格外露的管理员,在戏中她威武地骑着一辆大东海的摩托车四处巡逻,禁止马车进城。

赵静既能刻画端庄大方的齐文娟,也能出演腼腆文静的卖大饼的姑娘——当她上街卖货时,竟然不敢吆喝。最后还是一位小男孩自告奋勇地帮她喊道:"大饼油条脆麻花……"你大概不知道,赵静爱打枪,爱骑马,爱开车,还会开飞机。但是,大家可能想不到的是,她还会烧一手好菜!而且早在九岁时就能掌厨,因为在那动乱的年代里,"穷人的孩子早当家",她就是在爸爸妈妈被迫离家无法照顾孩子时,奋勇挑起全家重任的"小当家"。顺便提一下,赵静之后还先后考出了教师资格证、心理咨询证,并且获得烹饪八级资格证书。

人性美才是真美、大美。赵静在《巴山夜雨》中塑造的柳姑,就悄悄地传达了这样的美。在影片片头的排名表上,她名列其后;镜头也像插入的"画外音",只是在诗人秋石的回忆中闪回了几次。可是,当浓雾弥漫的巴山夜雨中突然出现了她——出现了一朵白色的蒲公英、一个洁白的姑娘穿着一袭白裙翩翩起舞时所闪出的那一抹亮色时,你会感到一种美的震撼,爱的温暖和绝望中重拾起的信念。正因为有了这一丝希望的曙光,诗人秋石才能在最黑暗、最阴冷、最没有尊严的岁月里依然坚强地活着。特别是当孩子唱起爸爸写的诗:"我是一颗蒲公英的种子,谁也不知道我的快乐与悲伤。爸爸妈妈给我一把小伞,小伞载着我飞翔飞翔飞飞飞……"时,歌声随着蒲公英的飘散,象征着生命的延续,而那种美的意境和爱的重现则成为一种人性的升华。在那个美丑颠倒的年代里,只有美才能滋润干枯的心灵,化解郁结的尘埃,也只有美才能让人们怀着最后的希望坚持活下去。蒲公英的种子会开花,但开的不只是小白花,而是大红大红的牡丹花。赵静天生爱牡丹,她表面素雅淡泊,但内心则灿烂如花。在她那平静如水的表面下,涌动着一股不可遏止的热流,而这一点是我在一次偶然的遇见中才发现的……

1984年,我为著名表演艺术家秦怡的朗诵《鲁妈的独白》作曲,那是一首震撼人心的"钢琴伴诵"。我们将这首作品从大同煤矿演到上海、北京，从中国演到新加坡、马来西亚和澳大利亚，每次演出都以秦怡留驻在脸上的泪珠和我在钢琴上雷鸣般的演奏结束，而观众则深陷在那命运的雷雨中久久不能自拔。去年，在我的音乐会"岁月芳华"之后，赵静也想将这个节目再次呈现。于是，我们相约在音乐学院的琴房，第一次合乐。我听着她的朗诵，就像是听着一个人在回忆，在诉说，在希望中跋涉却又在绝望中挣扎、呐喊，最后，倒在命运的魔咒中……她的朗诵时而舒缓，时而激奋，节奏紧凑，对比强烈，我可以在近距离中清楚地感觉到她脉搏激烈的跳动，而她的泪珠，像秦怡一样，一直留驻在眼中隐隐滚动。啊，难道这就是那个温婉素雅的赵静吗？

是的，她就是赵静，就是那个"静女其姝"的赵静。是的，赵静很美，她用自己的美创造了美的角色，再用角色的美感染了观众。可是，赵静"静"吗？好像不是。因为种种行为举止证明她是一个"不静的赵静"。当然，我希望她又静又美，成为一个真正的"赵静美"！

序二　静守幸福

王　群

　　赵静让我为她的自传《静待花开》写序。我懂的，非名人的书，都要找一个名人写序，以提升书的价值，而名人的书，要不就找一个知名的前辈，要不退而求其次，找一个像我这样熟悉的非知名人士作序就行了。

　　和赵静相识的十来个年头里，我一直会琢磨着一句流行语："明明可以靠脸吃饭的，为什么要和人拼才华。"认识赵静的人大家都了解，人长得漂亮，但长得漂亮其实功在父母，跟她基本上没关系。了不起的是她通过后天的努力，无论是影视剧，还是舞台剧，无论是话剧，还是音乐剧都能挑起大梁，都能取得很大成功；尤其是在影视剧《笔中情》《街上流行红裙子》《海之恋》《冰山雪莲》的出色表演，让她成了观众心目中当之无愧的大明星；更让人佩服的是她的多才多艺，不仅会演戏，而且唱歌、绘画、朗诵也样样精通，很是专业。

　　我虽然称不上是赵静影视剧的粉丝，但我能说我是她朗诵的知音。因为职业关系，我会时不时坐在台下观赏她和其他朗诵艺术家的朗诵，也会时不时在各种场合对朗诵评头论足一番。或许是我们的朗诵观趋同，能交流到一块儿，所以我很荣幸地接到了这个却之不恭、受之有愧的任务。

说起朗诵,当下虽然很热火,但与其他的艺术形式的边界似乎越来越模糊。不少朗诵者,不甘语言艺术的寂寞,一朗诵便放开嗓门的"狮吼派"有之,一朗诵就满台舞动的"脱兔派"有之。有些人错把朗诵当成了综艺节目;有些人错把朗诵者当成了话剧演员,硬是将诗歌念成了台词;有些人错把朗诵舞台当成了各种才艺的秀场,不把十八般武艺一一施展出来,还真有点誓不罢休的劲儿。

自然,在朗诵界里头脑冷静,没有随波逐流,更没有走火入魔的有识之士大有人在,而赵静就是其中的一位明白人。

这不由得让我想起了她的自传中以"静"字组成的几个标题:"静水流深""心静如水""静以修身"……我想,赵静能有这样的定力,除了与她的艺术审美观有关以外,还应当与她的个性有点搭界吧。

还真是人如其名,赵静给我的印象就是从不张扬、非常低调。安静、文静、宁静、冷静这些个词来形容赵静的生活状态一点也不为过,跟她的血型(B型)、星座(双鱼座)还挺吻合的。可我实在没想到在她平静的外表下面,却藏着一股坚定的自信劲儿。

依我看,如果说"静"只是赵静的一种状态,那么"净"的心态应该是她的有力支撑。我们生活的时代是一个个性张扬与私欲膨胀的时代。只有心向净,才能做到心笃静,才会不为生活中的欲望所累。无疑赵静的生存状态来自于她的心底纯净而无杂质,明净而无遮挡,洁净而无污垢。

还是说朗诵吧。赵静非常同意我从斯坦尼论表演文章中偷来的这句话:"朗诵是表现朗诵者心中的艺术,朗诵者不应该总是惦记着如何去表现朗诵艺术中的我。"我想正是由于赵静有了这样纯净、明净和洁净的创作心态,才能朗诵时心中毫无杂念,才能排除一切干扰,才无需为了煽动观众的情绪,讨得像旧戏园子那样的捧场喝彩声而洒足狗血,使出浑身解数。

心向净,才会使得赵静的心里特别宽敞、亮堂,不仅能装进音乐的丰富旋律,还能够装进五彩缤纷的色彩,最重要的是能够装进父母、师长和同学、朋友，能够正视困难，那怕是死神。而这一切是否又取决于她高尚的人生境界和姿态呢？是啊，只有境界和姿态高尚的人，才能心态"净"而状态"静"，才能摆脱虚名的羁绊，才能解开浮利的枷锁，才能跳出贪欲的诱惑，才能放开手脚，一门心思用在工作上、事业上，追求实现自身的人生价值，才能称得上是一位真正的艺术家。

静，是一种人生状态；净，是一种人生心态；境，是一种人生姿态。

祝愿赵静能从"三态"中静守幸福！

感谢赵静宽容，权当此匆匆落笔的文字为序！

目　录

岁月静好　毋忘师友

面对死神　心静如水

生命不息　静以修身

静夜思

后记　静对出书

跋　无题且静听,有才当赋诗

赵静艺术年表

人初静

我是赵静

澳门之夜,流光溢彩又富丽堂皇。

第九届澳门国际电影节隆重开幕。

享誉盛名的电影表演艺术家祝希娟、章子怡、葛优,电影名导冯小刚带着他执导的《芳华》,国内和国际上许多著名的导演、编剧、制片人都来了。一时间,风云际会,盛况空前。

站在背景灯光下的我,自我感觉不算时尚,也不带性感,但从观众投射过来的一束目光中传递了一种信息,我依然带有一点东方美感。

在我的身前背后,不乏十分有竞争性的年轻女明星,都跑到大幅宣传海报面前做着造型,摆着姿势拍照,我,避开媒体记者的"长枪短炮",淡然地走过红地毯。

凡是走上红地毯的,不管是老戏骨,还是新演员,观众都会评头论足,自然轮到我也不会例外。

"看,看,是赵静!"

"刚过去的那个就是赵静，真漂亮呀。"

"这么多年了还这么美……"

"年轻时可红啦，我看过她演的《街上流行红裙子》，还有《笔中情》，反正演的电影老多老多。"

"有人说，她父亲是赵丹！"

"她是赵丹的女儿？"

暖暖的夜风从耳边轻轻飘过，我一笑置之。

熟悉的朋友，不用解释，大多都了解我的出身。可对陌生的观众，前后左右，东南西北，我纵有一千张口，也说不清楚，更顾不过来呀！

值此，郑重申明：我不是赵丹的女儿。

赵丹，老一辈电影表演艺术家，曾获得中国电影世纪奖最佳男演员奖、中国电影百年百位优秀演员奖，堪称演艺界的泰斗，真正的"影帝"。我和他第一次接触是在上影剧团的春节晚会上，我们一起包饺子，他听我唱河南坠子，还夸我呢，他是前辈、导师，我敬重他。他的女儿，是新中国第一代的著名舞蹈表演艺术家，叫赵青。

我比赵青的"青"字多了一个"争"。

我是赵静。

我和我的妈妈

我出生在一个革命军人家庭。父亲赵景新，母亲陈开文，大哥赵新新，姐姐赵宁宁，二哥赵远远。

后来，我有了一本《新华词典》，好奇地找出许多带"静"字的词：静候、静听、静默、静态、静悄悄、沉静、宁静、冷静、娴静、文静、平心静气和风平浪静。其中的"宁静"启发了我。我似乎明白了，姐姐的名字带个"宁"字，妹妹我的名字不就顺理成章带个"静"嘛！

我回家问大人，妈妈说不是的。

我们兄弟姐妹，四人都差两岁。像插花似的，哥、姐、哥、我，四个人随父母南征北战在四个地方出生。大哥，新中国成立时生在福建，开始爷爷给取名赵新华，后来新新叫顺口了，就改成赵新新；姐姐，生在南京，南京简称"宁"，所以取名赵宁宁；二哥，生在营口，取名远东，因为1955年爸爸所在部队与苏军换防接手旅大（旅顺、大连）防区，寓意是保卫远东和平，可部队大院的孩子都顺口喊他远远，干脆就改成赵远远了。

我生在大连，为啥叫毛毛？妈妈说，你是最小嘛！

记得小时候，一直到上幼儿园，家里人和幼儿园老师都喊我"毛毛"。上小学了，报名要带户口簿，翻开一看，户口本上"赵毛毛"三个字还在上面，端端正正的写得一笔不差。

当妈妈带我到学校报名，老师一看户口本说："毛毛。上学了就不要叫赵毛毛了，看这孩子挺文静，就叫赵静吧。"

所以，我这名字"赵静"，就是这么改的，而户口本上一直到上小学之后才改掉。

不过，听妈妈说，我小时候还有一个乳名，叫"阿廖沙"。我出生的时候，我们家随军住在大连。大连满大街都看得到穿着双排扣列宁装的苏联女红军，走路唱歌都是英姿飒爽、神采飞扬，让人羡慕，妈妈就给摇篮里的我起了这个带俄罗斯风情的乳名，阿廖沙，沙沙。

记得，小时候，妈妈总爱给我梳辫子。一洗完头，妈妈就喊，"沙沙，沙沙，妈妈给你梳头"。

那个时候，大连女孩子受苏联女红军的影响，都梳两根小辫儿，梳完以后，打两个蝴蝶结，就像当时苏联的招贴画儿上一样。每次梳辫子，我都特别乐意，梳好了觉得自己就像刚从画儿上走下来似的，特别的美。

后来，也不知什么缘由，"沙沙"渐渐不叫了。

留在我记忆里的幼年往事，也就这么一点点。

我真正记事是随爸爸转业时，家搬到河南，七岁。河南是爸爸老家，当时有好几个地方让爸爸选，爸爸身体不好，说"我是河南人，还是回河南吧"。

回到河南，到了郑州，还没分到房子，第一个地方住的是宾馆，房间很大很舒适。爸爸妈妈上班，哥哥姐姐上学，我被送进幼儿园。

上幼儿园的第一天，正巧赶上小朋友们到电影院看电影，我也就被带到小朋友的队伍里一起进了电影院，看了我人生中看的第一部电影《自有后来人》。这是一部黑白片子。看着看着，看到李玉和受刑被拷打，惨不忍睹。因为是黑白片，一切又显得那么真实，我被吓得在电影院里直哭，哭得稀里哗啦，觉得电影里演的都是真的，皮鞭子，老虎凳，好人尽挨打，受苦受难，让我十分害怕。回来就不想上幼儿园了。

我在幼儿园大概也就半年。

爸爸妈妈到地方任职，我们也安了新家。妈妈在郑州市第四人民医院做领导，我就在附近的小学上学。

学校的老师对我都很好，就是妈妈对我管得严。

哥哥姐姐早就上小学中学了，妈妈很少管他们，只是管住我。

从家到学校将近半小时路程，每天上学放学，妈妈就带着我来回一起走。我小呀，走不动。妈妈就讲她当兵那时候，行军打仗都是两条腿走路，像电影《南征北战》里说的两条腿要赶过敌人的汽车轮子。有一次部队夜里转移，急行军，她实在走不动，可再累再困，也要咬紧牙跟上前面的脚步，步步紧跟，一步不落，落下就要拖部队的后腿。绝不能落下，更不能当逃兵！当逃兵，多可耻啊！

我听了，就再不说累了。

一次放学回来的路上，我低着头，弓着身子，正巧旁边一个人趔趄地走着，是个罗锅腰。妈妈就说，走路不要低头哈腰。看看，长大了你像这人一样多难受，所以，你走路要向前看，身子挺起来，两手甩开来，像你爸爸一样昂首大步！

我当然害怕长大了是个罗锅腰。打起精神，昂首阔步。从那以后，我渐渐觉得自己走路真像个军人。

一天，下雪了，妈妈见我两手总是插在口袋里，就说，不能抄着手，摔跤了怎么办？没有手支撑，非摔倒不可！

话刚说完，我脚下一滑，一下子就摔倒了，整个人趴在雪地上。妈妈扶起我狠狠地说，说你不听，就是你走路手没有拿出来！

从此，我走路再不敢两手抄口袋了。

我在家是老小，小小的女孩。妈妈说，女孩子，不能太娇气，弱不禁风的，长大了受人欺负。其实，小时候我心里觉得并不喜欢自己是个女孩子，听了妈妈的话，更觉得自己要像男孩子一样做人做事，喜欢学骑马，喜欢学开车。我不希望老被别人觉得我胆小，让人感到跟在人家后面像个"拖拉机"。所以，玩的时候特别想找大孩子玩，哪怕是人家不搭理我，一句话也不说，总觉得跟在大孩子后面能长见识、长胆量。

女孩子，厉害了也不行！

我从小长得水灵，脑子也灵，学啥像啥。我穿着小花布袄，扎两小辫儿，在院子里学电影《英雄儿女》里的王芳唱歌，邻居阿姨们说，我真像个小王芳，脸蛋儿太漂亮了。

妈妈说，女孩子长得再漂亮也没用。要有用，就得学点真本事！

妈妈又说，女孩子长大了，要上得了厅堂，下得了厨房。所以，我从小就跟着妈妈在厨房里转，擀面皮子是我学的第一道手艺。面皮擀好，撒上一层面粉，叠成几道，切成面片，下到开水锅里，做成面片汤。慢慢地，面皮从厚厚的到擀得薄薄的了，再学切面条儿，从粗面条到细面条，头回生，二回熟，渐渐地，我便成了妈妈做饭的好帮手。

那年代，家家都几乎有台缝纫机。我家也有一台，蝴蝶牌的，妈妈空闲时总是坐在缝纫机前剪剪裁裁，简单的衣服她都会做。我就拿个小板凳坐在她旁边，看她做针线活。妈妈还会刺绣，教我绣毛主席像，绣梅花，绣完，用剪子剪成绒抖抖的，我都学会了。还有补袜子，袜子后跟破了一个小洞，扔了可惜，妈妈就教会我怎样用针线一针一线地补。自己的袜子自己补。除了针线活,妈妈又教我织毛线,学会织手套、织围巾。这些家务活我都会做。

织毛衣,我不会。过去的毛衣都是拆了洗,而拆毛衣的时候特别要有耐心。爸爸的一件毛衣,要拆洗,重新织。洗的时候要把领口的暗扣拆掉,再找到线头,拉出毛线,绕成一个个圈圈。我哪会拆暗扣呀,那暗扣特别难拆,就偷懒图省事,拿着剪子从暗扣底下,一剪子,完了!

毛线被我全剪断了,变成一小段一小段的,拆了好多好多圈才见毛线变成长长的。

妈妈一看,说,你在干什么?再结毛衣我就少了一团线,配毛线也配不到一色一样的呀!你这样浪费,大手大脚,懂不懂节约!

妈妈气的,上纲上线,冲我大发脾气。

小时候,我还贪玩。煮稀饭,淘米下锅,加水,点火。锅在灶上烧,自己跑出去玩。跳橡皮筋。结果,稀饭从锅里潽了出来,弄得厨房的锅台灶下一片狼藉。

可这次惹祸了,妈妈反而不怎么批评我,说我毕竟还小,只要长点记性就好。

大概,上次剪毛衣暗扣妈妈冲我发火,过了点,这回她打扫好厨房,却对我心平气和地说,做事要有耐心,要细心,不管做什么都要留神。

我抬头看着妈妈,她用抹布一根根的擦着手指,很有耐性的样子。一边擦,一边说,声音不高,但目光清澈,神情极其认真。

我记住了。从此,不管做什么家务事,蒸馒头、洗衣服,我都比姐姐强。

可姐姐穿的衣服都比我新。每次做新衣服,都没有我的份,我就问妈妈为什么?妈妈总是回我,姐姐已经长成型了,你现在这么瘦小,还在长个儿,给你做了,明年就长高了,穿不上了。

因此,我的衣服都是姐姐穿剩下来的,裤管短了接裤管,袖口短了接袖口。

所以，我总觉得很委屈。总想，哪一个礼拜天，跟妈妈上街逛商店，妈妈也给我买一套新衣服。这种奢望，根本不可能实现。

只有两次我穿过新衣服。一次，过年了，妈妈给我做了一件红色灯芯绒的新棉袄罩衣；一次，妈妈到上海出差，给全家人都买了新衣服，给我买的是一件蓝色卡其布的列宁装，我甭提多高兴了。但这高兴的事仅此两次。一直到我出去拍电影了，我还是穿着哥哥送我的洗得泛白的军装，四个口袋的。

终于，有一天我忍不住问妈妈：

"我是不是你生的呀？"

妈妈认认真真地看着我，"你不是捡来的，你是我亲生的"！接着，语重心长地说：

"穷人的孩子早当家，当家才知柴米贵，等你长大了，做事为人了，你就会理解妈妈啦……"

一晃几十年过去了。妈妈老了。每次我回去探亲，妈妈还是当我小孩子一样，叫我拿张小板凳在她跟前坐下，她要给我梳一次头。此时此刻，我觉得妈妈她特别的在意我。在意我的穿着，我的打扮，我的一切她都在意。

她一边替我梳头，一边打量我的衣服，说："你穿的太一般了，为啥不买点带牌子的？人是衣裳马是鞍，常在人前走，不能太埋汰。"

说着，她就往我口袋里悄悄地塞进一叠钱。

我说："妈，我要你钱干吗，我回来是要给你送钱的。"

她说："我又不花钱，我要钱做什么？"

这就是我的妈妈，与当年的妈妈判若两人的老妈妈。

我的心里五味杂陈。原来年轻时觉得孝敬老人，都是一带而过的事情。现在就觉得，自己不在妈妈身边，不能像哥哥姐姐那样陪伴她、伺候她，所以心里常常不安，有一种说不出来的纠结。看看人家伺候老人那么辛苦，假如是我，我决不会说辛苦二字，应该是心甘情愿。

但是，我并没有在她身边，我体会不到其他人照顾老人的艰辛。这种艰辛是要花时间，花精力，不是单凭花钱就能买得来的。

妈妈真正老了，但妈妈留在我身边的照片却是那样永远的年轻。

一位朋友见了我妈妈的照片，说：

"赵静，你母亲是一个了不起的母亲，一看就让人觉得，外柔内刚，大气，坚毅，有主意，有胆略的那种女性！"

妈妈从部队转业，最早是郑州市第四人民医院的领导，"文化大革命"中"靠边站"，先下放到医院妇产科做护理，她很乐意，说，可以学到一门技术。干得好好的，却又被调到卫生学校管杂务。学生造反，她挨批斗，"文化大革命"结束，拨乱反正，她没有给一个学生"穿小鞋"，反倒是想方设法帮那些斗过她的学生解决生活困难。

妈妈就是这样一个心胸宽大的人。

但她也不是委曲求全、懦弱的人。

"文化大革命"中，爸爸被"打倒"了，她也"靠边站"，但她仍是家中的"顶梁柱"，支撑着我们的家，我们受了侮辱，总是她护着我们，站出来跟人家讲理。无理取闹的人见了她总是闻风而逃。那时，我就觉得妈妈好厉害呀！

妈妈说，有理不在言高，无理寸步难行。现在，人们见到她，不管远亲近邻，都恭恭敬敬地称呼她"陈老师"，确实，妈妈她无愧于这样的称号。

而在我的心目中——妈妈平常言语不多，但句句在理，教我做人做事，潜移默化，使我终身受益。

可以说，妈妈的确是我人生的第一个老师，严师！

我的爸爸和我

我的人生中还有一个重要的老师，那就是我的爸爸。

我在家里排行最小，爸爸最疼爱的就是我。儿时，我们住大连的部队大院，大院的林荫道旁竖立着大字标牌：团结、紧张、严肃、活泼。而我最活泼，也最开心的时候，就是中午听到部队大院嘀嘀嗒嗒的军号。我们家养了一只大白公鸡，一听见号声它就竖起红冠子雄赳赳地站到我身边，它也知道军号声响过之后，爸爸就下班了。这时，我就带着大公鸡从家中跑到家属院的大门口，远远地看着爸爸从对面的营区迈着大步向我走来。

在我眼里，爸爸是整个军营最高大的人，他有宽阔的胸脯，他有温厚的脸庞，用他战友的话说，他是一个外表刚烈内心柔软的人。只要见到我他就加快脚步，冲刺般奔向我，双手把我托举过头顶，又用他略带胡茬的下巴扎我的小脸，每每，我总是躲进他的怀里，咯咯地笑个不停。

这是我童年最幸福的时光。

后来，我们随爸爸到了郑州，在我心目中爸爸还是那样高大，走起路来虎虎生风。

这用不着我夸。爸爸，身高一米八有余的铮铮硬汉，不论扛枪打仗还是搞生产建设，都是敢干敢抓。

他十六岁就参加革命，抗日战争、解放战争时期，从战士一步步提升到一线指挥员，哪一级都干得有声有色。没有仗打了，脱下军装转业到地方，他就把自己的岗位当成了为党和人民做贡献的新战场，看成了施展自己组织才能的大舞台，开始了他的"老兵新传"。

天有不测风云。

如鱼得水又身体力行在几千人的大厂任职党政一把手的他，说什么也不会料想到，突然间被造反派宣布撤销了一切职务，被戴上了"走资派"的帽子。

这是儿童时代的我，埋在心里的一段黑色的记忆。

其实，"文化大革命"中，什么"造反有理"，什么"白色恐怖"，我什么都不懂，也就什么都不怕。

哥哥姐姐的学校停课闹革命，统统不上学了，哥哥因为是"走资派"的儿子,去了学校就受侮辱,所以更不愿去。爸爸就说,正是因为你是"走资派"的儿子,人家不去你也要去,你应该去学校经风雨,见世面,接受考验,形势再复杂,也要去学校上课。

我瞪着双眼,不明白爸爸的话。

我只是明明白白地看见,爸爸所在的工厂,整个楼房都被烧了。"造反派"和"保守派"两派武斗,一派的人手拉手,排成行,唱着"抬头望见北斗星,心中想着毛泽东",随后从楼上往下跳。跳下来的人断胳膊瘸腿的,一个个像电影里演的残兵败将。

我只是明明白白地看见,爸爸被人架飞机似的批斗,被戴着高帽游街,被人打伤住院。

我只是明明白白地看见,我家的窗户玻璃被一个造反派头头的儿子,叫老黑的一个男孩打碎了。

我气不过,带着一帮小伙伴跑到黑子家住的楼上喊着口号,上门评理。

爸爸知道了,生平第一次骂了我,还解下皮带要抽打二哥,说他没有看好我。妈妈拦下了。我根本不知道这中间有什么利害关系,就对妈妈诉苦,说,爸爸凭什么这样对我?妈妈说,你不能再给爸爸添麻烦,人家只是打碎了一块玻璃,你一闹,麻烦就大了。

可不是嘛!不久,黑子带着一群大孩子围住我,我跑呀跑,跑到一棵树下,爬上了树。黑子领着人给我撒沙子,我一闪身,为了躲他们扬的土,我往下跳。哪知,头发挂在树枝上,只觉得后脑勺一凉,一大串头发被扯掉了……

我不能在家里再给爸爸添堵了。妈妈把我送到爸爸的老家,那里是南阳镇平的乡下,那里有我的爷爷奶奶。

那是个大夏天,在一棵枝遮篷掩的大树下,妈妈带着两个哥哥和九岁的我,见到了奶奶。

奶奶很慈祥,满口没有一颗牙齿,但说话清清楚楚,她说,这是你们的爸爸参军前种的一棵核桃树,现在都长得这么高这么粗了!

我仰头望着这棵大树,挺拔的树干泛着一层白色的斑纹,树冠又大又宽,树叶子密密麻麻,绿荫盖地。一到夏天,左邻右舍的乡亲都会来树下乘凉。

我再转身一看周围很多老太太都光着上身,奶奶也一样,上身没穿衣服,热的呀。

我的眼睛骨碌碌地转着,脸庞却火烧火燎的,农村的老太太们怎么这样呀?

多年以后,听我哥讲家史,才知道,爷爷叫赵好生,奶奶叫孙大妞。因为,旧社会乡下女人大多数都没名字,她是老大,就叫大妞了,姓孙叫孙大妞。

当时,只知道她是爸爸的妈妈,我的老奶奶。奶奶虽老,却有模有样,说话也是有板有眼。她对妈妈说,城里太乱,乡下太平着呢,孩子在我这儿,你就放心地走吧。

妈妈走了,我和哥哥们留下。绿荫下,田埂旁,都是我们撒欢的好地方。我和哥哥一起在田野里到处跑,皮肤晒得黑油油的,照照镜子腮帮子上也是两坨新生的胭脂红。

奶奶说,这地方可是一垓风水宝地,古有诸葛亮,今有彭雪枫,连你的爸爸也是从这地方走出去的。你爸爸要接我去城里,我哪儿也不愿去,一方水土养一方人呀。

可我却水土不服。住了没几天,突然就发起了高烧,浑身起了许多大扁疙瘩加着水疱,衣服不能穿,鞋子也趿拉着,原本红白滋润的小脸一下子变得像霜打的茄子。

一个月后,妈妈来接我回去。

一进家,我吓了一跳。除了能进人的门,满楼道里全都是贴着挂着随风飘着的大字报。

我睡在铺了一条凉席的木板床上,妈妈精心地护理我,渐渐地,疙瘩水疱消退了,渐渐地,我能安安稳稳睡个好觉了。一天夜里,我觉得天空放亮,睁开眼睛忽然发现原先满眼的大字报却一张也看不见了。我躺在爸爸的怀里,爸爸用他那带胡茬的下巴扎着我的脸,又用手指刮了一下我的鼻子,笑着对我说:"爸爸我解放啦!"

我兴高采烈地喊着:"爸爸,爸爸!"

姐姐摇醒了我,原来我做了一个梦。

姐姐悄悄地告诉我,爸爸躲出去了,躲到老部队的炮校他的战友那里去了。

后来,我的病痊愈了,爸爸也回来了。

有一天,爸爸原部队的老战友来家看爸爸。他们兴奋地聊着战争年代的那些事。到了中午,爸爸硬留战友吃饭。

妈妈在家时,从来不让爸爸进厨房。一次,爸爸自告奋勇动手下厨。结果,被妈妈训责:"你看你,做一次饭就像鬼子扫荡一样,锅碗瓢盆东倒西歪,满地水漫金山,人都没办法插脚!"

那一次,还是我帮爸爸打扫的战场。这一次,因妈妈加班不在家,又是我给爸爸解围救了急。

也不知哪儿来的勇气和悟性,我竟然做了六菜一汤。菜摆上了小圆桌,还真像回事,虽然都是家常菜,但看上去挺丰盛。爸爸高兴地把我好一阵夸奖。后来,逢人便说,"我女儿九岁就能帮我做一桌菜了"!

我就在这种既想为爸爸分忧又提心吊胆的日子里,过了很久很久。一直到我十六岁进了曲艺团,十九岁又借调到上影厂,爸爸都还没有真正的"解放"。

1976年,我去参加第一部电影《新风歌》的拍摄。外景地就在河南,从上海试完妆,随剧组直接北上,到了外景地,近四十度的高温下连轴转,拍得很艰苦,拍完了转上海拍内景,在郑州火车站转车有一段空隙时间,剧组领导为了照顾我,让我提前回家看望父母。

我在郑州转车,可以停留一点时间。哥哥姐姐来车站看我,我才知道爸爸已经住院两个多月了。

我直奔医院。当时,"文化大革命"还没结束,妈妈是医院的科室领导,就在她的办公室搭了一张临时病床。我纳闷,怎么住这儿?妈妈不在,爸爸说,住你妈妈这儿既安全又能照应。大概是打了激素的缘故,爸爸脸是肿的,膝盖也是肿的。爸爸说,是战争年代受过的腰伤、腿伤,加上挨批斗摔伤了,旧伤新伤集中一块,就被整趴下成了一个废人。他说,妈妈为照料他,都累得晕倒了。

正说着,妈妈推门进来,转头批评爸爸:"你给孩子说这些干吗?"

我明白,他们是怕影响我的工作,所以家里什么事都不对我说。

其实,爸爸在家不多言语,这是爸爸第一次对我说这么长的话。平时教育子女的事爸爸都是交给妈妈,家庭主妇的传统美德是"相夫教子"嘛。不过,爸爸妈妈配合默契,对我们的家教就两个字:严格。尤其是对我,特别严格。当时,哥哥姐姐都已经成家立业,后来大哥大学毕业,分配在发电设备厂;姐姐大专毕业,分配在省中医学院附属医院;二哥大学毕业,参军到国防科工委酒泉卫星发射基地。他们都是党员干部,只有我刚刚参加工作,爸爸妈妈就给我约法三章:

"老实做人,努力上进,二十六岁前不准恋爱结婚。"

我信誓旦旦地走上了我的新的人生之旅,但工作之余,总是惦记爸爸的身体。

天遂人愿,不久爸爸的伤病竟然康复。很快,他也恢复了工作,真正"解放"了。

他说,是我的表现给他长了精神!

每当我拍戏经过郑州,或是回家探亲,都是爸爸亲自接送。他领我到他担任总经理的省新华书店,一个科室,一个科室地走,逢人便介绍,"这是我小女儿,赵静,刚拍完电影回来"!

我是爸爸的骄傲,但也有一次我让爸爸觉得了伤感。

二十世纪八十年代初,是我拍片最多的时候,像击鼓传花,一部戏接着一部戏；也是我最忙的时候，那时，我被选去参加团中央第十一届全国代表大会。去北京之前，上海市团委连续几天在开预备会。一天，会开到中午十二点多，下午一点半，还要接着开。

我回到电影厂招待所，从宿舍拿了面包，急匆匆地往会场赶。刚出厂门，就被传达室的门卫叫住了，他喊道："赵静，你爸来看你啦！"

我一愣，回头一看，真是我爸站在厂门口，我奔上前，心里特别激动，问爸爸："你吃饭了没有？"

爸爸说："等你！"

我一看手表，时间来不及了，啃了口面包，说："爸，不能陪你吃饭了。"

爸爸心疼地说："看你忙的，连吃饭的时间都没有。"

我说："马上要开会，不能迟到。"

爸爸说："我是来出差的，看到你这么积极，这么努力，我就放心了。不多说了，你要照顾好自己！"

就这么几句对话，连我的宿舍门都没进，爸爸就和我分手了。

我看着爸爸渐行渐远的背影，心里涌起了许多话，可当时的我，什么也没有说，也什么都做不到！心里填满的只有工作，工作……

过后，我十分懊悔，总觉得家里人一定会谅解，就那样不懂事，那样不尽心！

再后来，一次我们回家过年。

正月十二，早上听见爸爸打了两声很响的喷嚏，我以为爸爸感冒了，其实是血管破裂。九点吃早饭，人就不行了。赶到医院，前后十几分钟，大面积脑溢血。抢救到下午两点，宣布死亡。

我悲恸欲绝，无法接受这样的事实。

头天晚上，爸爸原来单位的一位老工人来看爸爸，两人一直聊天聊到深夜，妈妈着急又不好撵人家。妈妈知道，爸爸太累了，白天，他到新华书店总店，看望他的同事和职工们，他曾是这里的党委书记，退休了每年还都来给大家拜年。楼上楼下，各科各室，给每个人打招呼，谈笑风生。

第二天,人却没有了,谁都不相信!

送葬时,自觉来了二十多辆大巴车,所有亲友都来送行。

那天,下了很大的雪,雪从天上落下,落在我的心头,一层,一层……

爸爸永远离开了我们,我们再也见不到爸爸了!

我止不住自己的泪水,长跪不起!

静静艺路　浓浓师恩

小荷才露尖尖角

仿佛与生俱来，我和表演艺术有着不解之缘。

小学三年级，河南省歌舞团来招小学员，跳芭蕾舞。人家一下看中我，我就跟他们去训练。

回家后，兴致勃勃地告诉妈妈，满以为妈妈会当成喜事一样表扬我，哪知一听说去学跳舞，也不管什么芭蕾不芭蕾，妈妈顿时拉下了脸，说：

"不许去！你给我好好上学，像你姐姐一样，认认真真读书！"

但是，我跟随老师去了一次练功房就使我暗地里下了决心。

那天，仿佛进了童话世界，四面都是镜子，映在镜子里的人影都像出水芙蓉一样看得我心旌荡漾，数不清的大姐姐在拉筋、踢腿、足尖绷立、腾跃……

我目不转睛地看着一位身材苗条的少女，她脚尖点地旋转一周，双手打开像拥抱着一轮月亮，光彩照人。这婀娜多姿的场面让我一下子爱上了舞蹈，生平第一次感受舞蹈与音乐的美妙，沉浸在音乐带来的律动感中,下意识地扭动着身体,一下子爱得无法自拔。

我想学,又怕家里人,他们不让去,所以我就偷偷去了。

可是,看上去容易,学起来难。练"弯腰抱腿"的动作,老师说不能起来。老师不让起来就不能起来,我就这样一直像一尊雕塑定格在那里。当时,小嘛,练着练着,头也晕了,腿也麻了,觉得我快要死了一样。这才知道,舞蹈练功实在太苦。

苦也想练。我像给自己打了魔针,只要进了练功房,就是不断地练习。重复!重复!再重复!到最后,我已将老师教的肢体动作烂熟于心。

和我一起学舞蹈的小学员,一批一批地刷。三个月后,老师问我还想不想练,我实话实说:"家里已经发现了,妈妈坚决不让学。"

老师就忍痛割爱把我的名字划掉了。

但不管怎么说,我走向文艺的路上,芭蕾是我最原始的起点。

上中学了,我在学校的文艺宣传队成了"尖子生",会唱会跳。我扎着红头绳跳过"喜儿",我扮过涯家女唱过《红灯记》……

这时,新疆建设兵团文工团来招小演员,老师悄悄告诉我,说我被人看中了,看中我的长相,看中我的嗓子。

我跑回家,家中已经听到消息,又是不同意。

理由一是太远,二是太苦,因为家里我最小嘛。再说,这次不同于小学时偷偷跑出去学舞蹈,进新疆建设兵团就是参军,要办入伍手续,有一整套正规的程序,由不得我自己私下做主。

于是,这样的大好机会就与我擦肩而过。

山不碍路,路自通山。我总觉得有一盏灯在前面照着我。临近高中毕业了,那一年,负责学校文艺宣传队的朱虹老师觉得我是个好苗子,就对我说:

"赵静,你马上要毕业了,要下乡插队了,我们想推荐你进专业的文艺团体,做一个专业演员。"

那年,我十六岁。

报考曲艺团

正值河南省曲艺团在招生，中学的老师把我带到曲艺团的时候，曲艺团的领导和老师围着我看了又看，领导说，初试都完了，那就直接进复试吧。

于是，领导把几个老师叫到一起，对我单独进行考试。

考试的题目是《等车》。

这是个小品。规定情境：我在路边等车。

心想，这么简单吗？站那等就是了。可是我没有方向感，也没有想好是在等什么车，就没有方向地乱看。直到老师忍不住问我在干什么时，我说："等车。"

"啥车？"

我回答："公共汽车。"

老师说："那车从哪里来呢？"

"从左边吧。"我说。

老师又说："左边来，为什么往右看啦？"

我的脸一下子红了。我从来没有自己坐过车，平常上学都是走路要不爸妈接送。现在被老师一考，这才意识到，连这点生活常识都不懂。

大概老师见我脸红了，没有责备，反而给我一个安慰，说，你太紧张了，重来！

做一个小品竟做成这样，我很不好意思。顿时，手足无措。老师连声说道："放松，放松！"

这时，一位姓祝的老师，有把年纪了，提着一把二胡装成一个瞎子蹲到我的身边，拉起了曲子。河南很多地方都有这样专门卖唱的老汉。只见他边拉边唱，那装模作样的动作十分滑稽，我情不自禁咯咯笑了开来。

▲ 电视剧《金融潮》造型照

▲ 电视剧《女警官》剧照

▲ 电视剧《岁月如歌》造型照

▲ 电视剧《爱无悔》剧照

▲ 电视剧《大唐名相》剧照

▲ 电视剧《女子监狱》剧照

▲ 电影《冰山雪莲》剧照

▲ 电影《飞吧,足球!》剧照

▲ 电影《奇迹会发生吗?》剧照

四、程还以死相逼，一番剖察合应
他与齐府二女齐玉娟完婚

五、齐文娟与妹妹齐小娟

颜碧丽
沈西林 陈永均
金绮芬
王伯昭 赵静

江南名士赵旭之，才情过人，书法超群。故而
赢得赞语不绝。他踌躇满志，自恃"江南无双"。
当朝齐太尉的长女齐文娟因赵旭之书法刚健婀
娜，风度俊逸潇洒，对他素怀爱慕之情。但又恼恨
赵旭之轻狂自负。在赵旭之欲与齐玉娟结成百年之
好的曲折过程中，齐文娟用心良苦，方使赵旭之幡
然醒悟，自提不足。遂后，赵旭之三次出离，追访
名山大川，悟得书法真谛，终成一时之雄。

▲ 电影《笔中情》剧照

▲ 电影《笔中情》剧照

▲ 电影《海之恋》剧照

▲ 电视剧《北平往事》剧照

▲ 电视剧《花木兰》剧照

▲ 电视剧《月牙儿》剧照

▲ 电影《海之恋》剧照

▲ 电视剧《风云女杰》拍摄现场

▲ 电影《闪光的彩球》剧照

▲ 电视剧《较量》剧照

▲ 电影《魔窟生死恋》剧照

▲ 电视剧《吴玉章》剧照

▲ 电影《回韶山》造型照(饰演毛泽东母亲闻七妹)

见我被他带入到情景里了，他愈加抖肩晃脑，我就跟着使劲地笑。

笑，停了。提问的老师说："现在怎么样，放松了吧？"

我再也不感到场面陌生了，定了定神，重新做小品。目光打量着左手方向，观望着来车，前面有车流，身边有群众，我从焦急到企盼，表现得非常自然。

老师们满意地点头，说哦这一关通过了。

接着，要我唱一段。

我就唱了革命样板戏《红灯记》中铁梅的一个唱段。我才开口"奶奶，你听我说。我家的表叔数不清"，老师们一听响亮的嗓音，就都抬头看着我，认真地听我唱下去，当我唱到"他们和爹爹都一样，都有一颗红亮的心"，一位年长的老师就带头鼓了掌。

就这样，我就被团里选中了。

但是，家里那一关并不顺畅。

河南省曲艺团的老师，为了做我爸爸妈妈的工作，三登家门。

那年头，大张旗鼓地动员知识青年上山下乡，我高中一毕业肯定也要下乡插队落户。家里人商量觉得我才十六岁，年龄小，暂不说能不能吃苦，单就一个女孩子到农村去，他们也不放心。妈妈权衡再三，河南省曲艺团属于正规文艺团体，单位离家也近，虽然不乐意我搞文艺，却别无选择，最终对我说：

"既然曲艺团开了这扇门，那就听从命运安排吧。不过，进了这个门，多苦多累，不要后悔！"

我的启蒙老师赵铮

我就这样懵懂地进了河南省曲艺团，因为当时是学校老师推荐的我，而我并不懂曲艺团是干啥的。进了团才知道团长丁志忠老师，就是复试那天带头鼓掌的长者。

他觉得我嗓子好，就分派我学唱河南坠子。

河南坠子，是一种由道情、莺歌柳、三弦书融合在一起的传统曲艺，源于河南，流行于河南、山东、安徽、天津、北京等地。因主要伴奏乐器为"坠子弦"（又称坠胡），且用河南语音演唱，故称之为河南坠子。演唱者多为一人，左手打简板，边打边唱。也有两人对唱，还有少数是自拉自唱。伴奏者拉坠胡。

传统曲艺讲究的是师承，教我的是赵铮老师。那时是"文革"后期，赵铮老师虽然"解放"了，但没有任职，团里就让她带学生，五个学员，我是其中之一。

进团第一次见面谈话，是丁团长和赵老师跟我谈的。我见到他们的时候，从他俩的眼神中总觉得有一种期待。

丁团长与赵老师交换了一下眼色，对我说："赵静呀，我们要了你了，吸收了你了，你可不能把我们这儿当跳板！"

我说："不会的！我们家的人给我说了，干一行就得爱一行。既然来了，就在这儿跟老师好好学戏。"

赵老师拍打了一下手上的旱烟袋，冲我看了一眼，什么也没说，但我能感觉到她是看好我的。

我默默许愿：进团就要好好学戏。

我们几个学员吃住都在团里，每周回家一次。周一回团，大门口房檐下，总是蹲着一个人，是我们的团长丁志忠老师，手拿着旱烟袋，抽着旱烟，一双大眼睛盯着所有进出来往的人。

只要老远望见他，我们这些学员就像耗子见到猫一样。

但他是首屈一指的老艺人，我对他十分尊敬。

教我们唱河南坠子，除了赵铮老师，还有一位刘宗琴老师，她们虽只三十多岁，但在我眼里就像两个老太太。两位都唱河南坠子，却不同派系。

刘老师唱传统戏多，赵老师唱改良戏多。刘老师一个人演《智取威虎山》，杨子荣进到威虎厅，百鸡宴上突然遇见小炉匠，这一段戏，她一会儿演杨子荣，一会儿演座山雕，穿插着八大金刚、小炉匠，活灵活现。她那叫"武坠子"。而赵老师属于"文坠子"，她演《杜鹃山》，既扮演柯湘，又演雷刚，转身又成了雷刚的老母，出神入化，角色分明。还能唱新人新事、学习雷锋等等。能编、能写、能演、能导，可以说，赵老师是个全才。

正式拜师那天，赵老师特意把我拽到一边，说："我俩有缘。你叫赵静，我叫赵铮。跟我学，就要争口气！"

她说话的语气让人觉得有一种师道尊严。论长相，她像男性，准确一点就像双枪老太婆一样，沙沙的声音又带着磁性，烟抽得很凶，旱烟袋几乎从不离手。就这一副烟嗓子，哪知开口一唱，那个河南坠子唱得真的叫有味道。

你若与她面对面，首先感到她的眼睛特别大，双眼一瞪，炯炯有神。而且，看起人来，那目光恨不得钻到你的心里。

我们五个学员，经常听她点评。一口河南腔，有板有眼。

点评我："那个赵静呀，你看着这女娃不说话，眼睛眨巴眨巴，她在想啥呢？在琢磨，在想事儿。都说她慢，接受得非常慢，但她只要接受了，就滴水成川！"

赵老师的这席话，对我既是表扬也是激励。她一直在真心的教我，特别想让我成为她最得意的一个学生。然而，我总觉得在五个学员中，唯有自己是一只笨鸟，老觉得要笨鸟先飞，飞又飞不快。所以在团里面老师们就给我起了个绰号"慢半拍"，什么事总比别人慢一点，学东西慢，反应慢，性子就是慢。正如赵老师所说，这丫头永远不会直接说话。确实，我一直在用眼睛去看，心里总是在想，我怎样去追上人家，怎样做才能学得更好。

我很羡慕我的同学魏启红，她是一学就会，学东西接受能力特别快，而且特别活泼，台上台下都是她。

再说做人，赵老师真是爱憎分明，刚正不阿，特别的耿直，特别的正直。你看她的眼睛,你就觉得那里面揉不进一粒沙子。教我们真的是走正道。更厉害的是,她看问题很准,什么人你能跟他走,什么人你不能跟他走,她一说一个准。

在赵老师的眼里,唯利是图的人不能交。这种人看人看背景,交人交条件,一切只为了达到自己的目的,让自己获利。这种人不仅不可信,还要小心提防,因为也许某一天他就会为了自己的利益而伤害你。

我们团有一个比我高几届的男演员,在运动中搞派别,赵老师就私下提醒我,她说,这个人你不能跟他在一起,这个人思想作风有问题。

我就留了心眼,不与他走近。他想拉我参加他那一派,我就躲着他。他就开始整我,发歌曲本子算计好少一份,发到最后剩下一份又故意从我手边掠过,发给另外一个女孩。我没有。一冷一热,弄得我很没面子。

为这个歌曲本子,我跑去找赵老师诉苦,还委屈得掉了眼泪。

赵老师随手给我一本歌曲本子,说:"本子我给你早准备好了,但是你再伤心掉泪的,连我也不给你本子。你呀,做我的学生,得要好好改改这爱哭的毛病。"

这是我的一大缺点。刚到团里时,我特别爱哭。小时候就爱哭,爸爸妈妈都是共产党员,积极上进是我们家的第一家规。对我,妈妈总说,真正的共产党员遭受敌人严刑拷打都不掉一滴眼泪,要当共产党员就不许哭!可我就是改不了爱哭的毛病。在团里,大家都争取进步,我也填写了加入共青团的入团志愿书,群众开始提意见做鉴定,什么意见都没提,就只一条太爱哭了,娇气!

我向赵老师保证,下决心不哭。

可是不久一件事,让我实在受不了了,造反派污蔑我,扣我一顶帽子,说我走白专道路,说我"五分加绵羊"!

既然这样的定性,赵老师还要我学习业务。越学不是越白专吗?我感到前途一片渺茫。

受到这样的打击,我不能当着大家面哭,忍了,回到宿舍钻进被窝里放声大哭。

赵老师知道我过不了这个坎，就到宿舍从被窝里拉出了我。她坐到床边，像妈妈一样先不说话，见我不哭了，她说："不管是谁，人生都会遇到打击，被人打击就会痛苦。这种痛苦，就像坐火车经过隧道，一下子黑了，但它不可能一路走到黑。人生也一样，当你遇到坏人坏事，身陷其中，黑暗只是暂时的，太阳光就在不远处等着你。所以，请不要放弃自己，也不要反过头来去伤害别人。"

她的话就像她唱的坠子一样，吸引住我。我一下子心里亮堂起来。我看着她，只见她换了一袋旱烟，猛猛抽了两口，咳了一声，接着说："没有人真正知道明天是什么样子，究竟是阴霾密布还是阳光灿烂？那都不重要，重要的是明天之后还有明天，只要生命没有结束，永远有下一个明天，永远可以希望着下一刻是我们想要的前途。听我的话，只要你振作起来，光明就在眼前。"

她的话，带着一种我一时半刻还不完全理解的哲理，但我觉得她的话，句句入心，心里更透彻了。她见我频频点头，就又趁热打铁，说了一段我一生不能忘记的话："我跟你一样，也曾是个白专典型。我磕磕碰碰走到今天遇到的沟沟坎坎比你多多了，可我总是跌倒了爬起来！丫头，你给我记住：没有人为你的失败负责，只有人为你的成功喝彩！"

说到这里，赵老师磕打了两下旱烟袋，冲我努了一下嘴，悄悄地说："不要看他今天跳得欢，终有一天拉清单！"

我心领神会，她说的人就是那个带头泼我脏水的男演员，那个被他迷惑住的女孩，跟他越走越近，越走越近。

真的，正如赵老师所说，不久这个人就出了生活作风问题。

所以说，赵老师的眼睛真能看到人的心里。因此，我们学员都怕她。

怕归怕，我们一个个都愿意跟着她。她就像一只老母鸡总是用它的翅膀护着我们这群小鸡。

但也有护不着的时候。

有位比我大的女演员,叫梁军,安徽来的,她也是赵老师的学生,学讲故事,业务能力很强,深受赵老师的喜欢。她男朋友的父亲去世了,她请假回去,回团时超假了,一问原因是为男朋友的父亲扫墓耽误了日程,再一查,那男朋友的父亲是个历史反革命,这就是阶级立场问题了,回来还不是等着挨批? 批到后来,梁军就改行离团了。

那是个"极左"思潮泛滥的年代,遇到这种情况,赵老师也只能摇头叹息,爱莫能助。

前车之覆,后车之鉴。赵老师就指点我,说:"一失废前功,万般思后行。说话做事,要长点眼睛,带点脑子!"

所以,我是既怕她又敬她,不仅跟她学坠子,更跟她学做人。

可惜,我只跟赵铮老师学了不到两年。

第一次被借出去拍电影,赵老师仿佛预料到我早晚会走这一步,于是对我莞尔一笑,说:"出去拍电影,好啊,将来把电影拍好,再回来唱戏,可能就更不一样了。"

我看她的眼神,就像进团时见面谈话,团长对我有话直说,她却一句未提一样,仍然对我是一种期待。我知道她很喜欢我,希望我拍好电影,还要回来。

当上海电影制片厂拍我第一部戏,中间提出要调我,我就没有答应。后来又调我,我拍完戏就往回跑,回到河南省曲艺团后,我真的像赵老师希望的那样,想把拍电影学到的东西,用到曲艺,用到唱坠子上。

岂料,山不转水转,命运总是跟我的心愿背道而驰。因为坠子给我打下了比较好的艺术底子,拍电影时反倒让导演觉得我很有灵气,有悟性,有形体的基本功。其实,唱曲艺说大书的演员,一是对台词方面的表现力要求很高,口齿要特别清楚,吐字要朗朗有声,这都有赖于刻苦训练。赵老师尽管年龄比我们大,照样带着我们练,冬练三九,夏练酷暑,天天练,练嗓子。这些,对我在电影表演中处理台词很有帮助,加上学坠子时练嘴皮子,练贯口,练气口,所以拍电影时我的口齿比一般人要快,因此导演说我的语言比较扎实。天天练,练花板,练快板,练到后来我的身手动作就比一般人敏捷。三是坠子表演强调人物塑造,一个十几分钟的唱段里面,一会儿男一会儿女,一会儿老一会儿少,不同的人物迅速跳进跳出,这些技巧性的曲艺表演手法,对电影的拍摄,迅速把握人物的瞬间变化,很有帮助。所以说,曲艺与电影虽然是两种不同的艺术形式,但就表演技巧而言,却有着千丝万缕的联系。

我珍惜两年学唱坠子的经历,我更庆幸走上文艺之路的第一步就遇上了赵铮老师。拍完第一部电影,我真是想回到赵铮老师身边继续学戏,并把拍电影学到的东西运用到曲艺上。所以,上海电影制片厂调我时,我不假思索地拒绝了。

我说:"不行。"

他们问我为什么? 说:"你这丫头是不是有点傻呀!"

我搪塞道:"一是离家远,二是听不懂上海话。"

还有一句没有说出口,我能继续拍电影吗,这个未来对自己还是个问号。

更重要的是,人要讲诚信。我不能真把曲艺团当跳板。一拍完电影回到河南,我就去向赵老师报到。哪知,赵老师不仅没有挽留我,反而对我劝导,说:"去上海电影制片厂比咱这儿好,人往高处走,水往低处流,你走吧!"

她这几句话,就像妈妈对我说的:女儿大了,可以嫁人了。道理一样。

这时,我的心才开始松动,我真的要调走了。加上上影厂,接连调我四次,我也没有辙了。

就这样,我答应调动,随后不久来到了上海。

每年,我都回河南看望我的赵老师。突然有一天,我接到赵铮老师去世的噩耗,我不敢相信,她才七十多岁啊! 那一刻,我像当年失去父亲时一样,悲痛万分。

脑海中的赵老师总是那么大度,那么豁达,那么优雅,一点没有衰老的迹象。你见她,做人做事丝毫没有做作也不需要装扮,而是一种阅历过后的坦然,历经沧桑后的释怀,看遍沉浮后的睿智,是看淡与放下,是一种宠辱不惊,怡然自得。

就在她去世之前,我曾回去看她,她获得了曲艺界的最高奖——终身成就奖"牡丹奖"。她激动地告诉我,获得这个奖特别高兴,而且这个奖是中国曲艺家协会主席姜昆老师亲手给她颁发的,可见规格之高,分量之重。

她终于笑了,笑得那么爽朗!

我的启蒙老师——赵铮老师离我远去了,但她那豪放的欢声笑语,那诲人不倦的谆谆教导,至今洋溢在我的心头,永远,永远!

静水流深　艺无止境

"文化大革命"结束了。

上海电影制片厂派团长铁牛先后四次去河南省曲艺团调我。铁牛老师的真诚和执着终于感动了曲艺团的领导,1980年,我正式到上影厂演员剧团报到。

自己清楚从哪里来的,不后悔走过的曲艺这条路,没有觉得曲艺低于其他艺术种类,从来没有这样想过。

可到了上影厂,总听见有人在背后窃窃私语,说我是个学曲艺的河南姑娘。

我天生有股犟脾气,心里很不服:河南姑娘怎么啦? 自己觉得还挺骄傲的,因为我一进团就是正式演员待遇。

对我的这种特殊的待遇,背后有些人更是七嘴八舌,说三道四。

当时,我年轻气盛,心里自言自语:这待遇绝对不是开后门开来的,凭的就是曲艺演员的那份功底。

这话并不错。在曲艺团,赵铮老师就点拨我,一个好的坠子演员,舞台的地盘一席之地,表演的人物一进一出不能满场飞,靠的是形体,靠的是表情,靠的是声音的造型,一颦一笑,一喜一悲,都要逼真传神,而最传神的是眼睛,所谓眼睛是心灵的窗户。用眼睛说话,还要掌握分寸,多一分差一分都是假。这就是曲艺演员的基本功。也许是歪打正着,电影演员表演之中,面对镜头同样空间不大,尤其是特写镜头需要的就是一个到位的表情,一个准确的眼神。

我感到自己有这种自信。

一晃四十年走过来了,在我的演艺之路上,我没有退缩过,相反这条路仿佛越走越宽,越走越长。回头看看走过的每一步,带点自诩地说,还是值得为自己"点赞"。

我的这份快乐,也愿和爱护我的观众一起分享——

第一次"触电"

准确地说,我从一个曲艺说唱演员改行当电影演员,是从 1976 年开始。

我的第一部戏《新风歌》——宋文英的扮演,为我以后从事电影专业奠定了基础。

我与达式常、谢怡冰合作,他俩也是我在电影表演艺术上的启蒙老师。这部戏的导演是赵焕章、鲁韧,摄影朱永德,制片迟习道。

人生有无数机遇,而我的第一次机遇就非常幸运,我很庆幸自己能与这些优秀的演员、导演、摄影、制片合作。

当时,我只有十九岁,要扮演一个刚过门的农村新媳妇,而且是一个敢于与自己的大伯哥损公肥私行为坚决斗争的农村窑场场长。

这个人物性格泼辣,棱角分明,对第一次"触电"还处在懵懵懂懂中的我来说,扮演这个角色确实难度很大。不但我是个新手,而且在大家眼里我是个性格内向,外表文静的人,让我演主角,能不能演好,大家都拭目以待。结果,通过老师们的帮带和自己的努力,终于,我成功地塑造了我的第一个银幕形象——宋文英,得到了大家的普遍认可。

《新风歌》这部戏之所以成功,我有这样的体会:首先,表演上我没有杂念,我本是一张白纸,没有什么顾忌,初生牛犊不怕虎,也就没有一点紧张和负担,心理放松了,在整个创作中一门心思就是琢磨、理解怎样去演,才能既像一个新媳妇又像一个泼辣的女场长。

诚然,有许多困难要克服,最主要的是要纠正我的舞台动作,所谓的戏曲味,按照生活化的要求点点滴滴去纠正。

当然,对初出茅庐的我来说虚心地向身边的老师请教是最重要的,比我年长的演员都是我的老师,他们每一位都像一本活生生的教科书。我不放过一切机会,向老师们学习,如何分析剧本,如何把握人物,老师的一个表情,一个眼神,一句台词,举手投足的一刹那,我都看在眼里,记在心上,再不时地在脑海中回放。老师们见我好学,便教我正确的表演方法是从生活中去寻找角色,从体验中接近角色。

电影开机之前·我到农村认认真真地体验了两个多月的生活。同时,我在创作过程中也注重发挥自身的特长,尝试把曲艺表演的长处融合到电影表演之中。我曾经学过河南坠子,这种曲艺表演形式实际上和舞台戏曲的表演形式并不一样,它不像舞台表演过分讲究程式而是比较贴近生活,特别是一个人同时扮演几个人,一忽儿是妇女,一忽儿是老汉,一忽儿摇身一变又成了小孩。这种变化,最关键的是要抓住不同身份不同性别的人物特点,表现出不同层次不同侧面的个性来。渐渐地,我领悟出了一些道理,那就是在认真细致地分析人物、理解人物、准确把握人物特点的基础上,曲艺表演和电影表演两者之间还是有它们一定的兼容性的。一边领悟,一边摸索,终于找准了感觉,顺利地完成了我的第一次银幕实践。

峨眉厂"小百花"最佳女演员

仿佛是注定要吃电影这碗饭。1977 年,我就被借调到远在大西南的成都峨眉电影制片厂,主演故事片《冰山雪莲》,这是一部用黑白胶片拍摄的黑白影片。我扮演一个藏族姑娘金珠。

合作者都是过去演《农奴》电影里的老演员:大旺堆、茨仁多吉、德钦卓玛,每天和他们在一起,从他们身上也多少感受到"农奴"的气息,他们的那份真挚认真的劲感染了我。角色比上一部戏反差更大了,但我勇敢接受了挑战。凭着一股激情,一种执着,我演得认真,也很刻苦。由于对金珠这个人物理解得比较透彻,角色的把握也比较准确,初出茅庐的我获得了峨眉厂"小百花"最佳女演员的称号。

第一次接触电视剧艺术

1979 年,我参加上海电视台拍摄的第一部电视剧《选择》,这是我第一次接触电视剧艺术。当时是没有完全打破舞台感觉,虽然是三机同拍,但舞台纪录感觉还有,这对初次"触电"的我来说,还是有一定的考验的。

我扮演被"四人帮"迫害的教师——舒侨。她有着复杂的心路历程,还有丈夫和孩子,是一个成熟的女性。而我当时才二十二岁,涉世不深,根本没有她这样的经历,但是凭着我父母在"文革"中遭受迫害由此带给我那种刻骨铭心的感受,恰如其分地完成了这一角色的塑造,给观众留下了深刻的印象。

同年,我还拍摄了上影厂的第一部电视剧《卖大饼的姑娘》,我饰演小梅。

第一次主演古装爱情电影《笔中情》

1981 年,我在颜碧丽执导的古装爱情电影《笔中情》中扮演女主角齐文娟,这是我第一次尝试古装人物的造型。该片讲述中国古代书法家赵旭之与齐太尉女儿齐文娟相爱,在她的激励下,三次出游学习书法,最终悟得书法真谛也收获爱情的故事。为了准备该片,我从头饰、服装、形体、语言等人物的各个方面都下了一番功夫。尽管有一些戏曲的底子,在拍戏空闲还是用心揣摩,一颦一笑、一招一式之间怎样能够表现出古代才女的风范。为了适应人物的需要,我每天坚持练习小楷,除了学习书法,还有抚琴的桥段,从指法到气息,刻苦地练,做到能够一个音符都无差错地把整首曲子真弹下来。整个弹琴镜头没有用替身,都是自己完成。影片上映后,专家在影评中说,"通过演员的尽心演绎,一个美丽聪慧,温柔贤淑,对爱情坚贞不渝的才女形象跃然于银幕"。

这部戏,虽然已经过去近三十多年了,但至今人们还能清楚地记得我在银幕上的形象,说明当年给观众留下的印象相当深。而近几年,中央电视台 6 套以及不少地方电视台不断播映,对我塑造的人物普遍反映颇佳。

第一个银幕形象中的悲剧角色

常言道,初生牛犊不怕虎,我一走进电影大门就对这条"光影之路"充满了一股好奇,对不同的角色都跃跃欲试,只要有任务,不管什么样的角色都愿驾驭,正剧的、喜剧的、悲剧的,总想试试。我的第一个银幕形象中的悲剧角色,便是《巴山夜雨》中的舞蹈演员柳姑。这个角色出场不多,人物身份是男主角秋石的妻子。我在其中有几个闪回镜头,就是春夏秋冬在一个山上房间里等待丈夫的归来。表演时,意念中就是那种望穿秋水的期盼,一开始是喜悦的,接着是凝重的,到后来又是带有悲伤的,我以不同的阶段让剧中人物的命运得到了无声的传递。

演员在塑造人物时,尽可能要找到与角色相同的地方和不同的点,尽可能地发挥自己的潜能。我不赞同把演员分类。但有时演员自己也会无意识地把自己划分在哪一风格上、哪一戏路上了。这样一来就会有很大的局限性。

电影演员，在被导演选中后，就说明你的外形基本和人物相似了。那么，演员在创作时，就要在理解剧本、剧中人物的同时，去寻找人物的个性特点，可以是外部的，更重要的是找到从内心出发的准确的动作。

电影的神奇，就是靠镜头的蒙太奇。而你在每个镜头中要掌握到准确的表演是最重要的。

那时的我，不停地接戏、拍戏，也逐步懂得如何去塑造人物，如何在镜头中自如地表演了。

总之，我一直在想，怎样拓宽自己的戏路。

何况，心系远方，路无止境。

参演经典名剧《长夜行》和《月牙儿》

1983 年，我参加了两部电视剧，一部是张瑞芳等老艺术家共同改编的《长夜行》，一部是表演艺术家英若诚导演的《月牙儿》。这两部戏，让我再次尝到了塑造人物的甜头，同时也再次体会到角色创作的艰辛。尤其难以忘怀的是，让我再次有幸得到了老艺术家的言传身教，身临其境地聆听他们对剧本的解读和剧情的演绎，受益匪浅。

《月牙儿》是现代文学家老舍的一部小说，讲述了旧社会母女二人先后被迫沦落为娼的故事，展示了一个女性对强加于她的不公命运从惊恐、困惑、抗拒到最终屈服的全过程。

《长夜行》是中国著名剧作家于伶为配合抗日救亡运动，写于 1941 年的一部四幕话剧，反映"孤岛"沦陷前后爱国知识分子与敌伪斗争的情形以及社会底层人民的痛苦生活。

两部作品都是经典。

每一部经典都是一座高山，每一次对经典的演绎，都是经典的一次重生。

实践使我感悟到，电影形象的再创作，特别是对历史名著、名剧的再创作，必须调动一切手段回归陈年往事的历史氛围，一方面需要对原著进行深层次的理解与体验，一方面需要借助人们的怀旧情结从现实的视角上做一番深加工，在疏通历史脉络还原历史背景的基础上完成人物塑造。这就需要一个演员除了多彩而非一般的表现手段之外，还必须具备丰富的文化底蕴和具备厚实的知识积累，从而领会作品背后的人生阅历与感悟。

没有这一切，只凭年轻靓丽的脸蛋，光靠单一僵化的喜怒哀乐，绝对不能真正体现名著、名剧的精髓，也不能真正地打动观众。

现在想想，也就是参加了这两部戏的拍摄，经过张瑞芳、英若诚两位大师的指点，让我有了一种顿悟，奠定了今后的表演往更深一个层次进取、开拓。

《海之恋》和《街上流行红裙子》

应该说，二十世纪八十年代初期是我拍片任务最多最重也是最红火的时期，得到的赞扬也是最多的。

至今，不少媒体依然给予我许多充满热情的鼓励。《大众电影》和《电影世界》的文章这样评述：

> 1979年拍摄的电影《海之恋》，赵静在片中饰演海洋科学仪器厂工人立秋。这部影片在当时引起极大的社会反响。主演这部影片，对于曾经从事戏曲表演工作的赵静是一个严峻的考验。但赵静经过刻苦钻研揣摩，深入到立秋的内心世界，彻底理解了立秋这个人物。

要演好人物关键是要了解那个人性扭曲年代的社会背景,而赵静恰恰对那段历史有一定的了解和类似的经历,因此从立秋刚开始的热情执着到后来的被迫违心选择,到最后的大胆追求,都被赵静用心地成功表达出来。《海之恋》上映时轰动一时,直至今天它仍算得上是反思电影中的上乘之作,赵静由此奠定了她在中国影坛的地位。

在《街上流行红裙子》中,赵静饰演纺织厂女工陶星儿。这个人物的精髓就在于爱美和掩饰美的矛盾心理的碰撞之中,陶星儿是一个劳模,归根结底是一个年轻的女人,凡女人都是爱美的,"劳模"的荣誉并不该成为她追求美的束缚,赵静的出色表演使这个具有社会现实意义的人物形象深深印在观众心中。

既然,观众提到《街上流行红裙子》,对这部戏我的感触还是比较深的。二十世纪八十年代初期,黑色和灰色占据了几亿中国人的衣柜,大街上不是黄军装就是一片黑灰色。1980 年上映的电影《庐山恋》中,张瑜扮演的女主角成了爱美的女孩子竞相追捧和模仿的对象。在影片里,张瑜一共换了四十三套衣服。这一点都不夸张。而我主演的《街上流行红裙子》,名副其实是我国第一部直接以时装为题材的电影,它真实地记录了二十世纪八十年代初期人们思维方式的变化。劳动模范敢于穿上"袒胸露背"的红裙子上街,可以说,这是继《庐山恋》之后又一部引领时尚的作品。短短几年时间,中国人的时尚观念已经有了翻天覆地的转折。而我,引用报刊上的一句书面语言——"美丽的赵静成为少男少女心目中的女神"。

人性的一大弱点,就是爱听恭维话。

可是,我并没有就此而头脑发胀飘飘然,相反,我却感到一种危机。觉得已经具备了十年的实践,应该静下身心休整一下自己,充实一下自己。从长远考虑,"青春饭"是吃不长的。要延长自己的艺术生命,就必须在总结经验的基础上提高自己,尽可能地做一次"质"的嬗变。

决心一下，于是我毅然放弃眼前利益，坚决报考大学，来一次深造。

报考电影学院

1985 年，我参加拍摄杨延晋执导的《两个少女》和《少女与小偷》。在一部作品中同时扮演三个全然不同的角色，我还是第一次。影片是跳着拍，三个不同性格不同身份的人物，会在同一天的拍摄通告里出现。除了不同的装束外，演员对人物变化的把握也是很重要的。我把握住了，这对我来说也是个难忘的创作过程。

之后，我报考北京电影学院。

在那个多数人都没有上过大学的年代，上大学是我的一个梦想。我的哥哥姐姐都因为中学毕业就下乡而没有继续读书，我来到了上影厂正好有北京电影学院招生这个机会，我就拼命恶补般复习功课。国家政策规定，高考应持有高中毕业文凭，我进曲艺团时离高中毕业还差几个月，所以必须在上海补习高中课程，拿到高中毕业证书我就报名去考北京电影学院，一考，还真考进了。

我们这个班俗称"明星班"，有二十三个来自全国各地已经成名的青年演员，大部分都拍过近十年的戏，我也是，就这样与唐国强、宋春丽、郭凯敏、宋晓英等人同班同学，开始了两年的大学生活。

两年，我经历了正规的专业进修学习，哲学、英语、音乐和绘画，只要与电演艺术相关联的许多姐妹艺术和边缘知识都在我的学习之中，而作品分析、影片分析、戏剧名著分析、表演艺术分析、表演技巧与编导概论以及声乐和语言技巧等十几门主课，更是我主攻的方向。

对我来说，这次深造不仅从理论上拓展了我的知识面，而且在艺术修养上注入了新的素质，开阔了我的视野。十年的拍片实践和两年的理论学习结合在一起，加上实习排练和编排自己的小品，使我充分挖掘自身潜力,在自己原有的戏路上做全方位的调整,大胆探索,大胆突破。

在大家的眼中,我的性格就像我的名字一样总带着一个"静",安静而文静。李冉冉老师就想让我有所突破,在排练《骆驼祥子》片段的时候特地让我演虎妞。

我确实想拓宽戏路,各种角色都想尝试一下,可怎么也想不到我能演虎妞。人们都有斯琴高娃演虎妞的印象,那个土劲儿,那个泼劲儿,有时还带有一点邪劲儿,而我哪行啊?

过去拍片时,导演绝对不会让我出演这样性格张扬恣意豪情的角色,但这次通过难度大而放得开的角色训练,竟然别开生面收到了预料不到的效果。开始,我想肯定是演不了这个人物,角色与我的戏路风马牛不相及。没想到老师点将,定了,非让我演。我们排演的是虎妞挺着大肚子威逼祥子娶她做老婆的一个段落,我在衣服里塞个大枕头装怀孕,演得特别入戏。

那天,轮到我汇报片段时已是中午十二点了,好多外班表演系的同学有的端着饭碗赶来礼堂看我们的汇报演出。真没想到在场的人都笑翻了。

老师和同学们看了演出,说,谢园演的祥子和赵静演的虎妞,像是一对袖珍版,同人们心中粗犷的祥子和粗线条的虎妞大相径庭,没想到演出的效果还挺好。

此外,我还扮演过《但丁街凶杀案》中的母亲、《雷雨》中的繁漪、《望乡》中的佳子等角色,都非常成功,还和宋春丽、刘信义、郭凯敏、肖雄等同学出演了影片《鸳鸯楼》。台词课考试中,我选择了外国电影《囚徒》中维基接受记者采访的独白,得到全班台词课考试第一名。

在校期间,因为我们的学习更多是靠自己去掌握,所以我就有意识地选择难度大的角色进行尝试,收获很大也很过瘾,像鱼儿畅行在水里,身心都很自由。有道是"润物细无声",我渐渐意识到表演不光是有赖于技巧的训练,更有赖于艺术修养和知识的持之以恒的不断积累。因此,我在课余时间只要还有空闲就看书,并且认真地做读书笔记。

总之,两年学习,收获颇丰,被评为"三好学生",曾两次获学院奖学金,我的毕业论文《开拓自我·塑造艺术形象》也得到老师们的好评。

大专毕业文凭并不重要·重要的是科班式系统化的专业进修使我的表演有了一个新的转折、新的起点。

认真地演好我喜欢的角色

"充电"后的我没有立马加速,也不愿"弯道起车"。

从 1987 年到 1990 年,三年中我没有接拍过一部影片。有人说,赵静这几年都静到了极点了,怎么千呼万唤不出来呢! 不是说进入"明星班"的青年演员一定会有一个全新的面貌出现在观众面前吗?

说实话,这时命运却要我担负起做母亲的责任。不过,息影三年,心中的滋味一言难尽,说它空荡却又充实。我对自己说,既然十五年前,就认准了表演艺术的道路,也就没有理由躲进一个属于自己的小天地,编织起个人生活的另一章。

作为刚从电影学院毕业的电影人,我的心时刻关注着电影。然而,我不再频繁而盲目地接戏了,既不愿一味改变自己的生活质量而改变自己追求艺术的初衷,更不愿躺在青春的"席梦思"上自我陶醉。

正当我等待新的创作时,《有情人》剧组的导演邀请我在片中饰演厂医。自此之后,我连续接演了四部影视剧的主角。毕业后表演技巧的提高在这些戏中有了比较充分的展示,导演们也说我的表演上了一个台阶。

接着,著名导演宋崇邀请我在《魔窟生死恋》中饰演主角朱曼琳,这是一个有正义感的女性,难度很大,但我抓住了人物感情的撞击点,着力触及角色的思想深处,导演对我的表演给了满分。我对导演说,我是冲着朱曼琳来的,这个角色对我很有诱惑力。事实上,是我的执拗劲支撑着我,为了表演毒品对人类灵与肉的摧残，我几上医院看望戒毒者，身临其境感受他们的痛苦，回到片场，每拍一个镜头，我都要先弄清剧情脉络，每一个细节我都要拍到大家满意才放心，有时甚至让人觉得太过分，但我觉得这种表演的认真态度，是对艺术的敬畏，是对作品的尊重。

这期间的我，在得到更大创作空间的同时，沉下心来，认真地想演好我喜欢的戏和我喜欢的角色。

1987年，在拍摄六集电视剧《风云女杰》中，我扮演刺杀孙传芳的施剑翘，1988年我塑造吴玉章夫人的形象，从十六岁到六十多岁，我都有意识地不光注重外表的形似，更注重深层次上把握和挖掘人物的内涵。

拍摄《吴玉章》，进组后试妆。我从孙道临导演的眼里总感到一种担心。他把我叫到跟前，说，"赵静你把眼睛这样挤一下"。

我照他说的做了，挤了一下眼睛。

他说："你怎么挤都不会有皱纹的！"

哦，原来他是担心我不够老，或是画不出老来。

我也很着急，但我还是主动提出让化妆师为我在头发上下功夫。当时头发很长，全用油彩染成白色。由于是背柴火的山里老太太，头发就不要那么整齐，而是有点凌乱，又为自己在背上垫了一个小棉垫变成驼背，让自己的形体看上去就是个干活人出身的老太太，服装也设计成宽大松垮的样子，再让自己的眼睛看东西时总是眯着，这样的形体、发型、服装都搞定后，我往孙道临导演的面前一站，他一看，就非常高兴。

外形比较像了，再加上内在的动作，这个角色就成功了。

女演员最怕把自己弄得很丑，但为了角色，我不怕。我总觉得，只有真才是最美的。

成功的创作，令孙道临导演很满意，也得到了观众的认可。

如果说二十世纪九十年代以前，以靓丽活泼、热情朴实的形象示于观众的我，表演比较浅显，那么之后，我更趋于深沉细腻，走向成熟而富有激情的表演。

1992 年,我在张戈导演的《他们拥有太阳》中扮演女一号,钢厂吕总。这是我第一次扮演老总,一个女强人,这也是改革开放过程中我的第一部女强人的老总形象。说实话,因为缺乏生活的体验,刚开始也是没有自信。从服装到化妆,都很唯美,但气质是要有内涵的。怎么办?下生活,到生活中学习。下生活,是我创作以来一直坚守的信条。必须到生活中去体验,一下去,收获的确很大。

1993 年,我在苏舟导演,获"五个一工程奖""飞天二等奖"的《中国商人》中扮演女一号商场总经理。

1993 年,我在白沉导演的《弄潮女》中扮演女一号"外来妹"。

1994 年,我在斗琪导演的《天网》中扮演女一号乡村教师。

1995 年,我在宋崇导演,获"五个一工程奖"的《跨越》中扮演女一号局党委书记。

1995 年,我在张西河导演的《金融潮》中扮演女一号薛若怡。

1997 年,我在唐洪根导演的《岁月如歌》中扮演女一号林佳丽。

1998 年,我在张惠民导演的《生死存亡》中扮演女一号副市长。

1999 年,我在宋崇导演,获"华表奖"的电影《周恩来——伟大的朋友》中扮演归国华侨的姐姐……

综上所述,我扮演的人物跨界很宽、跨度很大,有党委书记和总经理,有乡村教师和银行家,有"小不点"的打工妹,也有"大姐大"的女强人,尽管都是现代女性,但职业不同、身份不同、经历不同,面对角色转换的不同挑战,我力图所表现的人物丰满而不单薄,因而在深入生活的基础上,用心去感悟人物的内心世界,从每一句话,每一个动作,认真琢磨,反复推敲,同时在表演中注意挖掘细节,掌握分寸,做到不仅"像",而且让人感觉到有一个"真"字蕴涵其中。所以,每每塑造的人物,形象各异,却风采有别。

专家们在点评《金融潮》时,多有褒奖。北京电影学院黄式宪教授说:"赵静塑造的这一人物,应当说是很有内在激情的,并且分寸适度,特别是最后'狱中'认子的高潮戏,更具有某种爆发力而撼人灵魂。"还有,彭如瑾、刘扬体、杜亮、杨淑英等专家也都给我参演的这部戏以很高的评价。

而我却对自己说,每演一部戏都不是轻而易举的事,一个成功的角色将是下一个角色的最大敌人,我还必须努力,继续前行!

参演话剧《大劈棺》

艺术同源。除了参演电影和电视剧,我还投身于话剧舞台的表演。

1994年,我应上海戏剧学院陈明正导演的邀请,参加排演了话剧《大劈棺》。

这部话剧,确定要参加在日本东京举办的"爱丽斯小剧场戏剧艺术节",一听导演点名选我,十分兴奋。对于一个电影演员来说,这样的机遇是难得的。

然而,无疑它对我又是一次跨越式的挑战。

因为舞台表演与影视表演,两者虽然同属表演范畴,但形式和手段上却大相径庭。影视拍摄,可以分场景分镜头和后期剪辑,一条不过,推倒重来,而舞台空间小,剧情连续性强,每场戏都不容许有丝毫的间断,这就要求演员具备精准到位的表演素质,所以难度很大。

激情燃烧,我知难而进!

可以说,这是我演艺生涯中最难忘怀的一段时光。

我在话剧《大劈棺》中扮演田氏。

田氏,是封建社会被封建礼教绑架的一个悲剧式人物,性格十分复杂。秀美的田氏,端庄典雅,虽然对爱有一种本能的强烈渴求,但丈夫离家修道,贤惠而本分的她一直恪守空闺。盼望十年,终于等到丈夫修道回来。她非常崇敬丈夫,举案齐眉,百般顺从,发誓永不变心。然而,丈夫如同行尸走肉,一次次让她失望,她的琴瑟之梦一次次被无情地毁灭。后来,楚王孙闯入她的生活,她开始被楚王孙的青春活力所吸引。游览蛇神庙时,在楚王孙热情如火的爱情表白下,她的心,一点一点地被其融化了,终于义无反顾地投入楚王孙的怀抱。短暂的欢乐,却使她生平第一次感受作为一个女人的幸福。为了这种幸福,甚至愿为她的恋人付出生命的代价而在所不辞,直至后来为了楚王孙的爱不惜发疯似的劈棺取脑。殊不知,这一切都是自己的丈夫设下的圈套,真相大白后,她又一次为爱,用斧头,把自己劈了!

在塑造田氏这一艺术形象的过程中,我付出了艰巨的努力。首先,通过大量的文学资料,了解古代社会的人文历史,理解剧中人的生活背景,以及田氏作为一位古代女性的道德取向和情感脉络,而后,从自我出发,设自己之身,处田氏之地。排练中,不断体察角色在情景下的细腻变化,尤其是走上舞台,那劈棺一场戏,激情勃发的场面,的确使我感到此时此刻的我就是田氏,田氏就是我。

我泪水滂沱,心灵战栗,体验到一种从未有过的创作快感,谢幕很久,我依然沉浸在田氏的心境中,不能自拔。

没有难度,就没有突破。

这部戏,需要演员很强的形体表现力,这是小剧场的特点之一。导演在排练中,特别强调力度,脚下、腰部、手上,上下肢体的力度。

回想在这部戏的排演期间的确让我经受了锻炼。那时,上海还没有高架路,没有地铁,交通不便,我住在上海虹口区水电路,每天到排练场都是骑自行车来回两个多小时,到了排练场我又开始排练前一个多小时的热身,在地上做各种练习。这真需要有毅力,虽然很累,但我坚持下来了。而且,这种日常的锻炼,也歪打正着地增强了我的耐力。

庆幸,我的汗水没有白流,终于达到了导演的要求,准确地完成了这一角色的塑造。

演出获得成功!

陈明正导演说:"真没想到,你作为一个电影演员竟有这么好的舞台基本功。无论声音、语言、形体、造型，表现力和内心体验都可以与最好的舞台演员相比而无逊色。"

《大劈棺》参加日本"爱丽斯小剧场艺术节"，演出时，著名影星栗原小卷也来了。

当年，日本电影《望乡》痴迷了多少中国观众，我也是其中之一。影片讲述了日本明治时期，贫苦的日本少女阿崎被骗卖到南洋做风尘女的悲惨遭遇，一直想回故乡却屡屡求而不得的故事。

栗原小卷在《望乡》中饰演面容姣好、敬业而富有同情心的年轻女记者山谷圭子，这也让中国观众记住了栗原小卷的名字。她是一位国际影星，演技精湛。1979年，她主演的爱情片《生死恋》再次在中国上映，她在片中饰演乐观开朗、美丽又充满活力的仲田夏子。凭着此片，栗原小卷在中国拥有了无数的粉丝，我也是。1991年，栗原小卷接受谢晋导演的邀请在中日合拍的《清凉寺的钟声》中饰演老妇人一角，濮存昕扮演她失散多年的儿子。此后，栗原小卷渐渐淡出影坛，把更多的精力放在了戏剧舞台。

栗原小卷观看了话剧《大劈棺》，异常激动，她对我说："你演得太好了，真是太感人了。场上没有布景，没有道具，舞台没有支点，难度很大，你却表演得这么自如，形体表现力特强，尤其是面部动人，眼睛非常传神。我们虽然语言不通，但你的行为、眼神，已完全表现出来，让我看懂了。"

著名电影演员、老导演凌之浩看完演出，特地给我寄来一封信，信里他写道："你的表演有很大突破，很有层次，很有激情，你与楚王孙的几场戏核心段落都把握得很有深度，非常好。另外，你还很有爆发力，感情色彩很丰富，观众被你征服了！"

著名电影演员达式常给予我的评价是："你创造的田氏这个形象十分动人，用我们的行话来说，很'贴'。万没想到，你的舞台表演很有潜力，祝贺你！"

著名导演白沉说："你演得相当准确，很有光彩！"

乔奇老师更为激动地说:"没想到,真没想到,你还有这个本领,以为你光会演电影,没想到话剧也演得这么好!谢谢你!"

上海电视台、上海人艺、上海青艺、上海儿艺等许多单位的同行都来看过我的演出,凌绾如、李家耀、王频、刘安古等老师都给了我很大的肯定和赞扬。

我热爱电影,也喜欢舞台。戏剧与电影同根同源,只要有机会,我将用心倾诉,用情浇灌,用声传递,用形体现,用演诠释!

演艺生涯没有谢幕

话剧《大劈棺》终于谢幕了。

但我的演艺生涯却没有谢幕。

从 1995 年到 2015 年,近二十年中我陆陆续续参演了《夜雨霏霏》《人生有缘》《女子监狱》《电影春秋》《沙海军魂》《姐妹情深》《风雨丽人》《同学》《爱在日月潭》《杀出黎明》《母仪天下》《燃烧的地平线》《豪门惊梦》《午夜阳光》《欢颜》《无国界行动》《项链密码》《婆婆妈妈》等影视作品,前后不下四五十部。

我频频出镜,可人们渐渐发现,不知不觉,我在这众多的影视作品中,从"女一号"变成了"女二号"。

电影演员似乎没有"吃青春饭"一说,但艺术舞台的竞争是现实的,也是残酷的。

我必须警醒!

在演艺界,名气代表一切。如果我不再努力,那么我将渐渐被各路新人所取代,如果不抓紧时机多出一些好的作品,以后,我是否还能站在我热爱的表演舞台上,演我最喜欢的角色,都是未知数。

然而,我的犟劲儿又上来了。在人生的舞台还没有谢幕的时候,我的演艺生涯就意味着还没有结束。我自己的故事还需要自己延续下去!

力争参演电影《我是医生》

2016 年,我参演电影《我是医生》的前前后后,就有许多事情值得回味。

这部戏,以中国科学院院士、"中国肝胆外科之父"吴孟超为原型,讲述这位年逾九旬依然奋斗在攻克癌症科研最前线、造福民生的医生的感人故事。

吴孟超坚持在医疗一线,他亲自主刀的手术纪录超过一万五千台。人们赞誉他是医者父母心,闲不住的"超人"。无论他毅然回国报效祖国,还是创造出中国肝胆外科无数个第一,吴孟超的人生都值得大写特写。

2016 年,上海电影(集团)有限公司决定把吴孟超的事迹搬上银幕。

剧情是,上海东方肝胆医院院长吴孟超已入耄耋之年,面对越治越多的肝癌病人他十分不满足现有的医疗成果,一心想彻底治愈癌症。他把自己最得意的门生,号称外科"一把刀"的赵一涛派去治疗癌症的基础领域做研究,同时,吴孟超面对自己女儿吴翎的癌症,又一次亲自主刀,挑战生命和情感的极限。

吴孟超和赵一涛这两个主要角色,已经选定了赵有亮和胡亚捷两位出演,女儿吴翎还没有物色到合适的演员。当时,我们几个朋友在一起聊天,聊着聊着,就聊到了这部戏。有人说,这里面的女儿一定要让赵静演。

我说,你们说了都不中用,这得由导演、投资方,还要征求吴孟超家属们的意见,看他们愿意不愿意,最后才能定。

但朋友们信誓旦旦,说,"不管怎么说,这角色就是你了"!

哪知剧组真正成立了,谢鸣晓导演看到我就说:"赵静演女儿不行,不行。赵静演这个角色不行!"

一句话连带三个"不行"。

大家就问,为什么不行?

谢导说,"她气质太高了"!

我面对谢导,诧异地说:"气质高,我高吗?"

"你看你平时,挺端庄的那个样子,给人一种高贵的感觉。所以不行。这个人物不是你的!"谢导说得干干脆脆,一点不留余地。

我当时听了,心里也不是滋味,就嘟哝了一声,就这么点戏,你还说我不行,我作为演员,不会塑造吗?

谢导说,这不是塑造的问题,你站在那地方,你的气场就在那儿了!

我想来想去不服气。

隔天,我一个小女友来看我。她有车。我说:"你送我去见导演,去跟他谈戏。"

说着下了楼。

小女友瞪着大眼睛看我:"姐,你就穿这一身?"

我穿的是一件 T 恤,随便得很。没有化妆,没有任何打扮,普通的素颜,就准备这样过去。

小女友说:"姐,你怎么这样呀,见导演,人家都是鲜亮亮的,你不怕导演一见就把你刷掉?"

我说,我今天如果一打扮,导演大概看都不看,直接就把我刷了!

"什么说法?"

我告诉她,导演本来就嫌我气质高,再去打扮,导演看我什么呢? 我就让导演看我的本色,而且让导演感觉到我的犟,这戏,说啥我都得给它犟下来!

就这样见了导演。我跟谢导聊完我的戏,话音不高但语气坚定:"导演,你要相信演员的塑造能力!"

仿佛当年报考曲艺团一样,这次力争一如本性有着相同的执拗。

谢导打量我一番,点了点头。最后还是用了我。

感谢导演眷顾。既然用了我,我就认真准备,琢磨怎样塑造这个人物。

吴孟超的女儿吴翎,我叫她大姐,接触中觉得她很平和,很朴实,眼神中有一股纯真,像一泓清水。戏中她是个病人,而且是肝癌。但她无微不至地照顾父亲,给父亲做饭,给父亲端洗脚水。到了临住院前,她在家里所有父亲能接触的地方,厨房间、冰箱、灶台旁、柜门上,都贴上了叮嘱父亲的字条。

在父亲给女儿开刀这件事上,作为女儿来说,真不想父亲给自己女儿动手术,万一这刀开得不好,会影响父亲的声誉。那么,就让别人来主刀。但女儿也知道父亲觉得这个手术必须他自己来做。做好,因为是自己的女儿。做不好,别人没有任何责任,责任自然是做父亲的来承担。

这些生活细节和心理特征,都是真实的。吴翎是这样做的这样想的,剧本也是这样写的。

我读完剧本,感到很亲切。我也生过大病,也动过脑手术,我也是个女儿,和她感同身受。所以,我在塑造她这一人物形象时,就多了一份真情。

实际拍摄的时候,戏不多,化妆也是淡淡的,干净利索的样子。我把角色当生活,放松,随意,台词处理注意得体,不要把它当戏演。我进入角色后,我就觉得自己就是吴孟超的女儿。

戏中有一段手术前和父亲的情感交接。吴翎的所有心思都化成了我赵静的。此时此地,此情此景,没有特别多的话,只是一种眼神,乞求、恳请,又无奈,同时又有一种生命的渴望。

我将事前头脑中的一切揣摩,所有,所有的东西都放了下来。自静其心,无求于物,自然流畅地演完了这场戏。

结果,我得到了很多人的赞赏。

一位朋友讲:"赵静,看完你这场戏,非常感动,感觉你就是这个女儿。"

我说:"真的?"

她说:"你根本就没有表演。"

一听她这样说,我十分欣慰,对她说了一声谢谢。

她一愣:"谢我干吗,我又没有表扬你!"

我说,你这是给我一个最大的表演肯定!

确实,我有过许多版本的设计,但在表演时,我把所有的设计都放弃了,无表演的表演。因此,我对朋友说,你虽然不是搞表演的,不懂表演,但你说出这样的话,实际上是对演员的一个最大的赞赏。

有人说,写文章的最高技巧是无技巧。表演也是这样的。表演中的每一个动作,事前都得有设计,但演的时候全部都扔掉,这才是最高境界的表演。

所以,我在演完之后得到观众的赞赏,心里也确实有一种满足感。

观众的眼睛是雪亮的。

同行的眼睛是明智的。

在戏里扮演赵一涛的男演员胡亚捷,他走近我,说:"赵姐,这个戏,你演得真好,你开创了表演的一个新领域!"

我问,为什么会有这样一种评价?

他说,就这个人物,就这么一点点戏,你演成了!

得到了同行给我这种评价,让我觉得就犹如自己得到了奖杯。

殊不知,导演开始还看不中我呢!

我也算是一个资深演员了,对年轻的演员也说几句贴心的话。有些演员接戏的时候,遇到戏少就拼命去演,反正一个镜头,戏少,就拼命。喧宾夺主,抢镜头,这其实是最要命的事情。所以我认为,不管戏多戏少,你必须发自真心、真情、用心、用情去演就可以了。而要有真心真情,先要学会做人。反之,通过你的演戏,可以看出你这个人平时生活中真实、真诚的程度,有多少真情完完全会从你的眼睛里面看得出来,真的!装假惯了,是真不起来的!

澳门国际电影节"金莲花"最佳女配角奖

我在《我是医生》中的这段经历,像厚厚一册书中普通的一页,很快就翻过去了。一天,我在《勇敢往事》剧组,忽然收到一个短信:

"赵静,你的护照、通行证,赶紧拿来,我们要去澳门!"

我仔细一看,这没头没脑的短信是《我是医生》的制片人袁孝民发来的,就回复:"干什么?"

"去拿奖!"

"谁拿奖?"

"赵静呀!"

我心想,怎么可能呢,压根儿就没把它当回事。后来,袁总给我直接电话:"跟你说真的,我们这个戏入围了! 入围就有可能拿奖,不去不行的!"

我只好去了。正好赶上有空档,就办了通行证,带着我的儿子一起去的,让学表演的儿子见识一下这种场面,全当作好玩,真没有想到去拿什么奖。

颁奖典礼开始了,我毫无准备的坐在台下,但颇有兴致的观看颁奖嘉宾揭奖——最佳影片奖:《芳华》。最佳优秀影片大奖:《海风吹过零丁洋》。最佳编剧奖:严歌苓。最佳导演奖:冯小刚。最佳男主角奖:葛优。最佳女主角奖:章子怡。最佳男配角奖,空缺……

接下来,就是颁发最佳女配角奖。

最佳女配角奖赵静《我是医生》、李木子《你若安好》。

我受宠若惊,原本只听制片人说,影片入围,现在却听到自己上台领奖,真是一点都没有想到。

当澳门国际电影节颁奖嘉宾在台上宣布的时候,一听到"赵静"二字,我只觉得挺突然、挺意外，就那么点戏，没想到结果却得到了"金莲花"最佳女配角奖。

上台接过奖杯，可获奖感言说什么呢？想想，还是感谢吧。感谢剧组，感谢组委会，感谢家人，同时在最后加了一句，感谢微信圈的所有朋友们对我的支持！

因为我的许多朋友，平时都很少见面，他们看完《我是医生》后，用微信给我传递了对影片的正能量和对我表演的肯定，并且预言我会因这部戏而得奖。现在真得奖了，我不能一一地感谢他们，所以，就特别地加了一句特别感谢微信圈里的朋友们，也算表达了我的一点心意。

主演电影《勇敢往事》

回到《勇敢往事》剧组。

《勇敢往事》讲述了一个关于一代人理想、信念、情感与责任的故事。青年杨青山、白菊和方丹怀着理想投身到北大荒的白山黑水之间，开启奋斗人生。然而一次意外事件·却成了这群年轻人命运的转折点。过尽千帆，两鬓斑白的杨青山难以割舍对这片土地的热爱，敢于直面自己当年的懦弱，重返第二故乡。并与赶来照顾自己的儿子达成谅解，多年横亘在父子之间的误会得以消融。那诗情画意的白桦林，白雪茫茫的大地，指尖在手风琴上划过的音符，不仅让经历过那个年代的观众重拾记忆，更让年轻的一辈置身于几十年前那种浪漫唯美、奉献青春的大时代的浪潮中。影片，时空经纬，交织融合，让人在浮躁的都市生活里，得以安静反思心灵的精神家园。

2017 年 12 月，我参加了电影《勇敢往事》的拍摄，我在影片里扮演女主角白菊。拍摄周期二十天。

影片于 2018 年 9 月 12 日在全国院线正式公演。公演前被入选 2018

年电影党课百日展映活动。6月26日上海首发，很快覆盖全市，有超过一百家电影院参与到本次主题活动。

我在2018年下半年的时间里，在与观众多次见面的影院里看到满满堂堂的观众，心里非常欣慰，观影后观众频频给予好评更是让自己心里充满了激动。

在我的意念中，一直认为这是一部特殊的影片，六百万元人民币的制作费用在当今商业市场上给一个演员的片酬都勉强，而这区区六百万，却制作成了一部制作优良、观众认可、频频获奖，又走出国门的影片，实在是出乎我的料想，因此，它带给我的确是一份惊喜！

记得最初，导演叶田和制片人孙广洋找到我，两位年轻的主创眼神中透露出一点期盼，他们说："赵老师，我们想请你参与到我们这个剧组挑大梁，并扶持一下我们年轻人，但我们的整体制作经费不多，演员的酬劳也很少，希望能谅解，给予支持。"

我接过剧本，读了之后，见是写的一群知青在他们曾经奉献青春的地方再次返乡创业，便马上被这个题材所吸引。我向往黑龙江广阔无垠的黑土地，那里的皑皑白雪，那里清新的空气，那里的日落日出和那里的乡亲百姓，可那里严寒的冬天，在零下三十度、四十度的外景地拍戏，其艰苦程度也可想而知。

面对导演和制片人的一片真诚，我没有半点犹豫。

我来到了黑龙江的黑河外景，呵，一片冰天雪地。

新的自我挑战即刻开始，那冷的呀，冷得人浑身激灵不停地跺脚。然而，心里很温暖。我到剧组后才发现来这里的演职员数我年长，其余都是"80后""90后"的年轻人。他们没有经历过上山下乡那个年代，也没有吃过苦，但这群南方孩子来到这里，现场上的表现让我实在感动，一个个喘着热气，眼睛里却洋溢着一股战天斗地的豪情。

工作时间每天都在十个小时。有人说，过去拍这种戏，一二十分钟就要到车里暖和一下，可我们这次在拍片时一拍就是一整天，有时甚至拍到

▲ 和郭兰英、张瑞芳老师合影

▲ 和秦怡老师合影

▲ 和陈白尘、黄祖模导演合影

▲ 和葛存壮老师、姜黎黎合影

▲ 和陈述、奚美娟老师合影

▲ 和登山运动家潘多合影

▲ 和谢晋导演合影

▲ 和于洋、杨静老师合影

▲ 和杨在葆、许还山老师合影

▲ 和张瑞芳、叶惠贤老师合影

▲ 和陶玉玲、黄婉秋老师合影

▲ 和田华老师合影

▲ 和韩尚义、迟习道老厂领导合影

▲ 和李前宽导演、陈述老师合影

▲ 和洪学敏、张金玲合影

▲ 和于洋、杨在葆、刘世龙老师合影

▲ 和陈道明、葛优合影

▲ 和黄渤、黄晓明合影

▲ 和刘晓庆、冯淳超老师合影

▲ 和牛犇、梁波罗老师合影

▲ 和蓝天野老师合影

▲ 和孙道临老师合影

▲ 和秦沛老师合影

▲ 和童自荣老师合影

▲ 和卢燕老师合影

▲ 和日本影星栗原小卷合影

▲ 和丁峤、向梅、铁牛老师合影

▲ 和曲云、袁霞老师合影

▲ 和张瑞芳、焦晃、江平、杨学进等合影

▲ 张瑞芳老师在说戏

▲ 和任桂珍、周小燕老师合影

▲ 和周小燕老师合影

晚上，饭吃到最后都戍了冰碴，也不敢喝水，不敢轻易上厕所，甚至不敢哈气，刚张口吐出的热气碰到凛冽的寒风，小伙子们的脸面眉头都结成了雪霜冰凌。我这把六十岁的老骨头，也和他们一样经受着考验。腿脚和手经常冻麻木了死劲掐都没有知觉，拍完影片回来，上下楼腿都疼得不行，像拉着两条"老寒腿"。

有人问我："既没有高额的报酬，又不带一个助理，后悔不后悔？"

我的回答，既然选择了，就绝不后悔。

我想，我只是尽到了一个普通演员应尽的一份义务，一份责任，一份使命。

我在剧中扮女一号白菊，这是一个具有大爱情怀的坚强女性。初读剧本，我就被她的人生经历所感动。当年，她本来可以随着"知青返城潮"一起回城，但她却毅然决然留下来守望着这片黑土地，她是为缅怀死去的好姐妹而留下，是为了后来建设这片黑土地而留下，为此，她有过痛苦，有过挣扎，有过磨难，但她最终走出了自我，战胜了自我，义无反顾地把自己的青春和爱情都奉献给了这片黑土地。

照例，我只要按时进组就可以了，但为了演好这个人物我却提前好几天进了剧组。我来到当地的"知青博物馆"参观，到当地老乡家听他们讲述那个年代知青的故事，又到剧组搭建的"知青点"去感受当年在艰苦环境下的知青生活。

作为演员的我已不年轻，在创作过程中，一方面深入生活，查询资料，强化对剧本的分析，一方面调动自己的生活阅历，加深对人物的理解，丰富人物的情感。我的哥哥姐姐他们都下乡插过队，他们当时的样子时常闪现在我眼前，我还有好多"老三届"下过乡的好朋友，常听到他们讲下乡的故事，每每都有许多感触。就在临去外景地之前，我给一个老大姐打电话，告诉她我要到黑龙江那边拍戏，她一听，却没有说当年那里有多苦，而是说，哦，那边很美，那里是我的第二故乡，我的青春是在那里度过的。轻松的几句话给了我一种无形的力量，觉得我的选择没有错，应该身体力行把这代人的精神风貌更好地展现出来。

记得有首歌，唱的是革命人永远是年轻。但知青，作为那一代的革命知识青年现在已经不年轻了。回忆往事，他们几乎都会说，当年吃的那点苦，值得！与他们相处，我发现他们这代人真的能吃得起苦，他们说，现在上有老、下有小，既要照料自己的父母，又要照料自己的孩子，甚至还要照料孩子的孩子，唯独没有时间照料自己。这代人在改革开放四十年里，他们是受益者，也是奉献者，他们是承载着传统和现代的结合体，发挥着自己最大的能量，既是社会的脊梁，也是家庭的支柱，他们甘于奉献，特别能吃苦，然而，他们的内心世界是丰富的，他们的脸上没有愁苦，有的只是遇见困难去克服困难的坚韧。

有了对生活的了解，有了对人物的了解，有了对当年时代的了解，形象气质就形成了。

外部的动作造型可以从穿戴上去找，找到当地北大荒的特点，因为寒冷，我设计了一顶大皮帽。那年代流行穿军装，所以我有一件军绿色的外套大衣。我的脚上是一双高帮马靴，满地都是厚厚的白雪，我走雪地时，在雪地上总是迈着大步，踩着冰雪发出嘎吱嘎吱的响声，那就是节奏。白菊狩猎、割麦、耙地，也还开过拖拉机，这些外在气质的形成，都是塑造人物很重要的部分。

而说到怎样丰富白菊的内心世界，我是以"控制"为基点。我想，这样一位女知青，在这北大荒长期扎根，没有强大的内心定力，换句话说，内心世界不丰富，是不可能长久待在这里的。我努力发掘白菊的美。她的美，就是她面对苦难的笑容，那笑容温暖得能够融化所有的冰雪。

白菊是强大的。

但强大，要表现在她对人和事的处理上，每临大事有静气，而不是大声吼叫，或是粗声粗气。表演中，我有意识地去控制，压抑自己的情绪，更多的是让观众去感受，如果自己遇到伤心处自己哭得稀里哗啦，看似演员的作用发挥出来了，但观众未必会感动。比如最后一场戏，我如果也和大家一样跪在地上,哭得满脸泪水,我想就不是生活在这里几十年的白菊了。所以,我忍着,忍着,让泪水在眼睛里打转,由镜头说话,结果,每当观众看到这最后一场戏时,观众就会替我流下好多眼泪。那是他们自己对整部影片的理解,对人物走到这一步所给予的感受和认同,一种共同的心灵认知——他们被感动了!

还有,我和老村长喝酒这场戏。当初读剧本时,我就看好了它。这时的人物发展到这儿,一切艰难困苦和心灵深处的痛楚都在这一刻得到释放,她用猜拳喝酒的外部动作,掩饰心中的难过,而这先笑后哭的外部动作的设计,正符合当地人的习性。北大荒,黑土地,大冷天喝酒猜拳是常有的事,喝高了,哭哭笑笑也是见多不怪。白菊,也便借着酒劲将自己多年压抑的苦闷全部宣泄出来,这种行为当在情理之中。此时的白菊,在几十年来的经历中,也许是头一回这么喝,又不会猜拳,我也是第一次拍这种喝酒的戏,生活中虽经常看到喝酒人的样子,却不会猜拳,戏演到这份上,我就把猜拳改成了"老虎、杠子、鸡",她不会喝酒,所以她会被烈酒呛得咳嗽,借助难以下咽的酒传递了她自己一种扭曲而渴望解脱的心声。

我就在这种情绪释放又自我控制之间,让人物不逾情,不失态。因为,这是我扮演的白菊,这是我的"这一个"。

确实,演戏有时是在演感觉,演戏有时又是在感觉中演自己心中的角色。这种微妙的带有因果、辩证关系的表演,都应该在演员的掌控之中,一定不能牵强附会。既不能违背艺术规律,又不能违背生活规律。对此,演员不一定能说得清楚,但一定要明白自己创作的走向,把握自己真实的感受,用心去体验,用情去体现,而一切又都是建立在对人物的理解分析上。外在和内在的设计固然重要,但九九归一是真实,是节奏,是舒服,是观众都有的认同感和备受感动的你的"这一个"。

最后,我想说,如果我塑造的白菊这一角色得到大家的认可,因为我是用心、用情,动了真格,而这一切都是由于知青精神感动了我!

可怜的三十秒

电影《勇敢往事》上演后，不仅得到观众的好评，而且频频获奖。奖项有：

第二十一届上海国际电影节"华语新风"展映单元；

第六届温哥华国际电影"红枫叶大奖"最佳新锐导演奖；

第十四届中美电影节"中华文化传播力大奖"；

中国首届新媒体影展艺美奖"最佳制片人奖"；

2018年美国东德州电影节"最佳外语片"；

入围第十届澳门国际电影主竞赛单元；

入围美国景深国际电影节主竞赛单元；

入围美国达芬奇国际电影节主竞赛单元。

一分耕耘，一分收获。虽然这中间没有出现我的名字，但影片获奖，作为付出劳动的我自然而然为这一份份荣誉，欢欣鼓舞。

2018年11月5日，我们从美国载誉归来，我情不自抑写了一篇短文——

可怜的三十秒，让我纠结到现在

"唉，假如，我当时申请再延长三十秒呢？"

"假如，我当时向组委会声明一定要让我讲完我要讲的话呢？"

"假如，我能一口气说完我要讲的话呢？"

可是，谁又会提前知道自己的剧组得奖，谁又会知道指名让我上台讲话呢？

既然是获奖感言，那一定是现场感受到的真情实感，不会是事先准备好的，是吧？我看人家讲英语的讲得那么溜、那么快，即使听不懂但人家都讲完了。唉，我却没有讲完，怎不纠结？尽管没人责备我,但这毕竟在国际上领奖代表中国电影人讲话,能够完美一点,该多好!

这一连串的问号的由来,得要从中美电影节说起。

2018年10月29日,导演叶田、制片人孙广洋、总制片人李雷和我,一行四人,飞往美国洛杉矶,参加第十四届中美电影节。

洛杉矶给我的第一感觉,就是个大农村,有山,却很难看到水。空旷,没有上海那样多的高楼,但汽车很多,路很堵。天气干燥,听说这里一年之中下雨的时间加起来不到两小时。因为我们不是观光旅游,也就粗枝大叶地一掠而过。

10月30日下午,出于礼节我们都精心打扮了一番,按要求五点准时来到好莱坞的 The Picardo Montalban Theatre 剧院。

到了门前就看到那么多的摄影师、记者守候在那里。我们按程序走了红地毯。也许是这里的习惯,来一组走一组,来一人走一人,前面有位举牌的礼仪小姐,把我们领到签到板前让记者们拍照。场面虽然不像国内组织的电影节那么隆重,但不管怎样能将中国电影带到美国这样一个电影大国来,也是一件让人兴奋的事。

这次中美电影节是第十四届。十四年来,组委会以始终如一的匠心情怀,将中美电影节打造成中美电影人彼此合作交流、相互助力的绝佳平台。在中国国家广电总局、中国国家电影局、美国制片人协会、美国编剧协会和中国驻美国使领馆的共同支持下,中美电影节评委会从数百部报名电影中遴选出近百部在艺术含金量、票房口碑上都堪称上乘的电影,11月期间在全美范围进行大规模集中展映,以光影筑就一场场中美人文艺术交流的盛宴。

所以,我们都非常认真看待这次中美电影节。一是观摩电影节的大多都是落户美国二三十年的华人,希望看到来自自己故乡的电影;二是这里有很多我的粉丝,她们打扮得就像过自己的节日一样,从她们的欢声笑语中听得出有多么喜爱自己故乡的明星，并希望和我们合影留念。

是啊！她们是在 1980 年至 1985 年离开中国来到美国的，留下的记忆就是我们这一代电影人的形象。一见面，就特别激动，特别亲切。

由于叶导的脚踝扭伤了走路不太方便，我们就提前进了剧场。剧场里宾客很多，我们按照座椅标签坐下。刚入座，突然一个高大身材的男子从我身后的座位上站起来，说是我的粉丝，又介绍旁边一位年龄看上去有六十岁左右的女士说是服装设计师，我礼貌地笑笑，问声好。她对我的服装大加赞赏。我挺高兴的，因为我并没有穿那种袒胸露臂的晚礼服，而是穿的一件高领、腰间系带的宝蓝色的裙装，虽然低调，但也尽显身材。她说，我的衣服很漂亮，宝蓝色又属国际色，服式特别符合我的气质。

颁奖晚会开始了。组委会苏主席和领事馆官员来了，美国一些著名制片人和国内一些知名影视大咖们都来了，显示这次中美电影节的规格之高。

特别庆幸的是，在颁奖晚会上竟然有我参演的两部影片获奖——

电影《我是医生》获中美电影节年度"金天使奖"；电影《勇敢往事》则荣获了中美电影节"中华文化传播力奖"。

我想，对于我个人来说在一个电影节上同时有两部参演影片入选并获奖项，实属少见。我很庆幸自己当时选择这两部影片，当李雷总制片人上台代领《我是医生》的奖杯时，我心里是加倍的高兴，因为，凭借这部影片我曾在 2017 年澳门第九届国际电影节上获"金莲花"最佳女配角奖。

我是幸运的！

幸福总是不经意地降临，伴随而来的总是惊讶！

惊讶发生在获奖感言阶段。

整个舞台上会讲英语的占百分之八十，由于控制时间，现场主持人给每个获奖者的发言时间是三十秒。一位美国人在规定的三十秒讲完了他的获奖感言，铿锵有力，一气呵成。虽然，我一句也没听懂，但看他的手势就很佩服。我佩服所有上台的领奖人，更佩服有的人是中西合璧，一半中文一半英文。妙不可言！

就在我听得入迷也看傻了的时候，主持人讲：请赵静女士上台领奖！

主持人用的是英语，我当时没听懂前面的话，只听懂了我的中文名字"赵静"，等大家在台上都站好了，我才反应过来。赶紧上台，刚站稳那奖杯就递到我手上，而我站的位置是第一位，讲话自然先从我这里开始了。一切都在慌乱中进行，当报完我的名字后，我突然意识到我这是代表全剧组拿这个大奖。

今夜星光灿烂，感恩感谢成为永恒。这个奖项的获得是全剧组的荣誉，我瞬间想起在东北寒冷的外景地，几十号人手捧着冰冻的盒饭，那一个个年轻的演员跟工作人员一样眉头发梢眼睫毛都挂上了冰凌，我们在雪地上一遍遍对着台词，走着走位对着戏，那是在零下四十度的气温下拍戏啊，每个人都没有退缩，只有勇敢。

一幅幅画面如同影片在我眼前闪回——

我想说，这部电影得奖了，大家的辛苦，值了！

我想说，是一千七百万知青的勇敢精神成就了这部戏，这部戏获奖也是对一千七百万知青的致敬。于是，我大胆地代表了他们向中美电影节，向苏主席表示感谢！

我还想说，上影厂的两部影片得奖也是值得自豪的事。而这部低成本的电影，竟能在国际的舞台上大放异彩，说明我们虽然低成本，却有大情怀、大格局……

我更要说，我们应该尽电影人应尽的责任，传播中国文化的精髓也是我们的使命，我们的骄傲……

然而，可怜的三十秒，如何能尽兴地表达我当时的心情？

万人瞩目的第十四届中美电影节，于当地时间 10 月 30 日在美国洛杉矶好莱坞剧院落下了帷幕。

我握着奖杯，久久不能平静。

扪心自问，《勇敢往事》已成过去，但勇敢能有过去式吗？

没有！

我们有了好的开始，我们就会一直勇敢地向前走下去。

主演《苍穹之恋》原创朗诵音乐剧

2019 年，上海大学文理学院邀请曾经创作音乐剧《爱在天际》的导演郁百杨与上海大学合作创作了朗诵音乐剧《苍穹之恋》。3 月，我接到任务，参加《苍穹之恋》的排练演出。

剧情将我带进一对科学家夫妇的精神世界：

1947 年，刚来到美国康奈尔大学攻读研究生的李佩在一场航天学术报告会上巧遇国际知名力学家、西南联大的学长郭永怀教授。从相识相爱到相知，他们有了幸福的家庭。1956 年，他们冲破层层阻力举家回到祖国，郭永怀从事科研教学工作，一家人开始了紧张而又宁静的生活。然而，没过几年，李佩突然发觉丈夫变了，经常晚归甚至不辞而别。总算有一天郭永怀回家了，面对李佩的疑问，他始终三缄其口，不着任何解释。1964 年，当中国第一颗原子弹试爆成功的新闻从广播里传来，李佩忽然明白郭永怀在做一件大事。于是，她默默地支持着郭永怀的国防科研和国家航天事业。就在她翘首盼望郭永怀再次完成任务回家时，一个意想不到的事情发生了——郭永怀先生因公殉职……

故事以郭永怀和李佩的感情发展为主线，阐述了两位先生报效祖国的动人事迹，展示了两位先生的家国情怀。

上海戏剧学院教授、中国科学技术大学兼职教授宋怀强饰演郭永怀。宋老师数十年从事艺术教学，是董卿等著名主持人的研究生导师，他曾在音乐剧、话剧中塑造了弘一法师、鉴真和尚、曹操等生动的艺术形象，从音乐剧饰演郭永怀已有八年，为塑造好这一科学家的形象付出了极大的心血。这一次朗诵音乐剧依然由他担任主演——郭永怀。

我在戏里扮演李佩。

这是一部大型朗诵音乐剧，一部让业内人士肯定的演绎——二人近两个小时的舞台呈现，集朗诵、对白、旁白、心声和解说为一体，将人物在不同时期不同情境的心理嬗变，凝聚为一体的声音展示和舞台表演，令人耳目一新。

我在舞台上尽力了。

且听，观众的反映：

"好久没有欣赏到这么精湛的表演，朗诵和歌声都是一级棒的！"

"赵老师舞台上的穿越，从少女到老妇，年龄跨度大却转换得十分自然，分寸把握得极其到位，每个年龄特点都演绎得非常准确生动。"

"艺术家就是这样，舞台的掌控力特别强，尽管一个人也是那么光彩夺目，尤其是扮演姑娘时期，语言的特征入木三分，形体的表演楚楚动人。"

"赵老师把灵魂给了艺术！"

艺术是打磨出来的，我在心里说。炼狱般的一个月排演，犹如烈火中重生。

这次演出，让我经受了历练，享受到了舞台带给我的快乐。最后谢幕时，导演上台讲了这么一席话："两个人在舞台上近两个小时，台词量是非常大的，要表演，还要唱，这对于作为影视演员的赵静老师来说，真的很不容易，真的很了不起。"

而我则觉得，我很荣幸能参加到这个剧组里来。这一个多月，对我来说实在难以忘怀。虽然时间很短，可这部戏对一个演员而言却是刻骨铭心。因我扮演的这个角色是我喜爱和敬重的人，她的精神一直在激励着我。正因为有了这种精神感召，那天晚上，我克服了巨大的心理压力，积极投入到角色当中。那一个多小时，我畅游在梦境中一般，如痴如醉，没有自我。心里只有这样一位受人尊敬的女性——李佩先生。仿佛是她带我完成了这次的创作。现场的掌声和随之而来的赞美，对我是极大的鼓励,我在这里要感谢大家。

梦中醒来,回顾这一路的创作,想想,应该还是有很大的上升空间的,在自我总结的同时,希望能听到大家的指导意见,再提高一步;还希望能让更多的观众,认识和了解这两位为国家而生的科学家的伟大情怀。这是我的感受。

上海大学的一位老师对我说:"赵老师,那晚你已经完完全全地将自己与李佩先生融在一起了,我们能感受到你的真情投入,已经到了忘我无我的境界,表演结束还没有完全从角色里走出来,所以才会那么让人感动、唏嘘。这样不含娱乐成分的正能量的艺术作品,能做到这种地步,现在已经很少了。期待还有机会合作,给我们上海大学师生带来更多的艺术大餐。"

掌声里,《苍穹之恋》画上一个比较圆满的句号。

而我,别管自己得到了多少掌声和赞美,这一切对于自己都不重要。

最重要的就是——我曾经说过:在人生的舞台还没有谢幕的时候,你的演出就意味着还没有结束,你自己的故事还需要自己延续下去,你自己的人生还需要勇敢地走下去,以自己的理想和信念书写自己精彩的人生篇章。

值此,我给自己走过的这段人生之路,写下八个字——

静水流深,艺无止境。

获奖了,2019!

因为出身于军人家庭,我先生丹宁军又曾经是一名军人,所以每逢"八一",我们家都十分喜庆地过着建军节。

2019年,8月1日,我正沉浸在节日的气氛中,突然收到中国电影表演艺术学会秘书长黄小雷给我发来的邀请函。函件上写着:

"中国电影表演艺术学会奖,在评委会主任葛优会长、副主任王晓棠老师以及二十三位老中青艺术家评委的评选后,您获得了第十七届电影表演艺术'学会奖'。"

节日中的喜讯,应该是"喜上加喜"。尤其是我十分看重的这个"学会奖",能不激动吗?可激动之后,心里的滋味却是"五味杂陈",不知道是高兴还是感慨,但肯定没有"第一次"那种兴奋。也许是许多的思念已经尘埃落定,也许是多年的企盼已变得木然,也许,还有许多也许……

1978年,我在峨眉电影厂拍摄《冰山雪莲》,第一次获得了峨眉电影厂的"最佳小百花女演员奖",我很兴奋,但当时的我,只觉得是给自己在那么艰苦环境里完成拍摄任务的一个奖励,心里明白这不是什么大奖。

作为一个电影"追梦人",谁不渴望获得更大的奖项呢?

可从那之后,我一直与大奖无缘。

我参加拍摄的影片、电视剧却频频获奖——"华表奖""五个一工程奖""金鸡奖""金鹰奖",每次获奖,我都为之高兴,毕竟是有我的劳动和创作,也说明我选择参演的正确。然而,仅此而已。

最有意思的是在2018年"中美电影节"上,竟然有我参演的两部影片《我是医生》《勇敢往事》同时获奖。这在电影界里也许是少见的。

有人问我,为什么近两年开始拿奖了?

是呀,2017年,在"澳门国际电影节"上,因《我是医生》,我获得"最佳女配角奖"。2018年,我还获得"全国十大朗诵艺术家"称号的大奖。

六十岁出头的我,似乎"小荷才露尖尖角"一样,高兴,但不年轻了。然而,人生因宁静而从容,因从容而心安。心安的人,不以物喜,不以己悲。所以,一方面是对于得失波澜不惊,懂得让自我常常归零;另一方面是把每一天都当作新的起点,学习各种姐妹艺术,唱歌、朗诵、写字、画画,听心理学讲座,参加社区活动并在党课上演讲,强化自己,充实自己。诚然,在我心里也许还有一种莫名的期待。

我不止一次地告诉自己要懂得学会期待,唯有期待才能感受心动,享受美好。就像,我喜欢与星辰相伴,总是选择寂静的夜晚或清晨,登上楼顶的晒台,独自享受那漫漫星河的美好,带着一份感动让目光奔向远方。也许,我有过动摇,梦想中的美好期待被现实中的劳累的身影所遮挡。我有过思考,我难道要选择半途而废,不再努力,不再拼搏?每当这时,那动人心魄的漫漫星河总是照亮我前进的步伐。

我的从艺之旅仿佛是在登山,面对的选择是要么继续向上走完下一半路程,要么选择放弃原路返回。然而,原路不可返回,留下遗憾不说,下山的路更为艰难。所以,我下定决心向着日出的方向继续攀登……

也许,正在我喘息之际,"邀请函"就来了!

一股暖流涌溢心里。这个"学会奖"是电影人最为看重的奖项。我也不例外,打心眼里敬畏这个奖项,因为这是我们的学会,自己家里人评的奖,严格、严谨、严肃,含金量很高啊。这个奖给了我,是我的一份殊荣,我感谢学会,感谢评委会。

站在领奖台上,"感谢"似乎是一个永恒的话题。

感谢时代。这次获奖,正逢中华人民共和国成立七十周年大庆,我用这个奖作为一个小小的礼物向国庆献礼。

感谢电影。我参加评奖的影片是《勇敢往事》,这个奖也是给一千七百万上山下乡知识青年的一个致敬礼。是他们成就了我今天的荣光。拍摄《勇敢往事》虽然很苦,在零下四十度里完成了拍摄,是他们战天斗地的勇敢精神让我勇敢地走到了今天。

感谢老师。相聚时见到电影学院的老师们,一个个都已老了,但他们为中国电影的奉献精神却在我们这里得到传承,他们欣慰,我们也高兴。我衷心地祝福他们永远健康,永远开心。

感谢上影剧团。感谢剧团给予我无数次舞台实践的机会,能在自己的"家里",不断地发挥作用,我感到开心。有了我们剧团才有了我!因此,多年来我做着自己喜欢做的事情,无忧无虑,无怨无悔。

我还要感谢朋友。所以发了一个"朋友圈",几乎所有的朋友都发来

"赞美之声"。我也一并感激圈里的朋友：

有你们的相助，有你们的支持，有了你们，真好！

光环留在原地，掌声响在身后。那满满的赞誉，都成了昨天的记忆，但大家对我的祝愿和期待，永远留在我心里，永远感恩！

我也会再努力，再学习·再向前！

岁月静好　毋忘师友

作家王安忆说："过去的生活值得我们细嚼慢咽。"

我心里想：我一路走来，静静的选择，选择该选择的，遗忘该遗弃的。到如今，往事似水，静静流淌成一泓清澈的记忆——一路上，有鲜花，有阳光，风景独好！

人说，我靠运气。

我说，我靠缘分。

与凤凰共舞，自是俊鸟；与虎狼相伴，必为猛兽。我们能走多远，看与谁同行。有人打了两个更为形象的比喻——把身边的人都看成宝，被宝包围着，我们就是"聚宝盆"；把身边的人都看成草，被草簇拥着，我们就是"大草包"。人生懂得放大别人的优点，欣赏别人的长处，才能相互协作，相互支持，相互成长。

我的成长经历，凝结着两个字：学习。

学习是一种人生态度，和年龄无关。所谓活到老学到老，三人行必有我师。负能量的脑袋不会给你正能量的人生。简而言之，学最好的别人，做最好的自己。

而一个人的成功，离不开志同道合的人相助。生命中的每一个贵人，都是具有正能量的人。他(她),也许只给你一个意想不到的信息,一个出于善意的指点,敲你一下,拉你一把,或者与你只是相向而行,一举一动,浅颦低笑,就可能改写你的人生轨迹。

此刻,我就写写我生命中的贵人,一些看似微不足道却令我不能忘怀的人和事。

学说上海话

我刚进上海时,有些上海人总把我当成乡下人,尤其是我来自河南。因为,河南总被人贴上各种标签,比较正面的是三个字——古、苦、土。

我确实来自河南,却不愿让人总觉得我是个土得掉渣的外地人。

临来上海,妈妈一百个不放心,举目无亲的,做个上海人不容易呀。她千叮万嘱:"适应环境,自强自立,实在适应不了就打道回府。"

好马不吃回头草,开弓没有回头箭。我想,既来之则安之。

中学时上历史课,记住了"旧社会,上海是冒险家的乐园"和"华人与狗不可入内",我知道那是上海过去了的历史。为了了解上海真实的历史,我到图书馆找来好几本书,其中还有一本是美国的一位地理学家撰写的《上海——现代中国的钥匙》,这本书,至今仍被中国史学界称赞为"西方人所写的在中国影响最大的一部上海史著作",从1843年上海开埠百年的历史脉络,到上海的城市演变和发展,林林总总,洋洋洒洒,看得我云山雾罩。显然,这把"钥匙"一时半刻还开不了我这把"锁"。只是,其中一句话"历史是现在跟过去的对话"那"对话"二字点拨了我。是啊,我要与上海人对话,还不是首先要学会说上海话!

从小,我就被邻居夸奖"学啥像啥",模仿力很强。于是,不要拜师,稍加留心就"阿拉侬伊"的说上口了。

哪里料到,这并非好事。

我拍完了《车水马龙》，剧组请译制片厂的老师给我们配音。配着配着，站在我身后的两位老师，一位是李梓，一位是刘广宁，忽然发觉台词有点不对味了。

刘老师说："这小姑娘到上海来没多久，这普通话里都有上海口音了！"

《车水马龙》反映的是北京人的故事，北方人一带上海口音感觉就不对了。一个成熟的演员，演戏中对地域性的台词都是非常在意的，而我演一个北京的年轻人，怎能有南方人的尾音，尤其是夹带着上海的吴侬软语。

老师们在我身后虽然声音很轻，但我听了，顿时觉得对我是一种警示，我立马就把学上海话的窗口，关闭了。

教我电影表演的启蒙老师

如果说，我学曲艺并由此走上演艺之路的启蒙老师是赵铮，那教我电影表演的启蒙老师就是谢怡冰。

《新风歌》是我拍的第一部电影，那时，我真不懂什么是电影表演，也不知道电演表演与曲艺表演有哪些共通之处又有什么不同，面对镜头，脑袋里一片空白。

导演就给谢怡冰老师下任务，由她辅导我，冯淳超和达式常配合，让他们一起带着我。

谢怡冰老师是位我妈妈辈的人，我很敬重她，她在戏里演我的妈妈。她走哪我就跟到哪，形影不离。不管我怎样黏人，谢怡冰老师总是一点不烦，既热心又耐心。先帮我分析剧本角色，再帮我梳理人物关系，而在表演时又教我怎样控制情绪，处理细节时怎样把握分寸。

毕竟我是从舞台上走过来的，一上场总是多少带着舞台的痕迹，甚至一开口就带着一点舞台腔调。谢怡冰老师就手把手教，教我词儿怎么说，动作怎么做,怎样说话怎样动作,才自然,才生活。

而到了片场,谢怡冰演我的妈妈,冯淳超演我的大伯哥,他们都有丰富的表演经验,就轮流盯着我,一招一式都不放过,一有生硬的动作,他们就及时提醒。达式常也是拍过很多片子的有经验的老演员,像《年轻一代》《难忘的战斗》等,在这部影片中,他演我的丈夫,我就看他怎样接触角色,他对剧本的分析、理解,对人物的走向都分析得头头是道,在现场也是很有经验。

我就觉得自己一开始学电影表演挺幸运,遇到这么多好的老师。

现在,谢怡冰老师已经去世了,但我总是时常想起她带我时的情景,点点滴滴,历历在目。

赵焕章导演的"下不为例"

赵焕章导演是个对工作一丝不苟的人。

1979 年,他执导《海之恋》,选我出演女主角立秋。这个人物的感情大起大伏,为体现她的情绪波动,导演设计了一个细节动作——擦火柴。

我从小就喜欢左手上前,俗称"左撇子"。除了拿筷子搛菜、拿钢笔写字,其他都是用左手。刷牙也用左手,一次试用右手,结果一下子刷到了脸上。当了演员经常要化妆,都是用左手拿化妆笔。

不用多说,试片时我擦火柴用的就是左手。

赵导在监视器上左看右看都觉得不舒服,一想,诧异地说:"你这丫头,是个左撇子呀?"

我说是啊,我也觉得不对劲。

赵导说:"反的,不行!划火柴应该是右手,你得改过来!"

我说好。走戏嘛,走多少遍,我都坚持用的右手,导演看顺眼了,正式开拍。哪知,我不知不觉又是左手。

样片出来了,赵导一看:"呀!你怎么还是左手啊!"

"真对不起,我都不知道。"我歉意地对着赵导,问:"怎么办呀?"

"生米都煮成熟饭了!"

赵导的意思很明白,重拍,即使不惜浪费人工,可却浪费不起胶片!

顿时无地自容。我眼泪水都快要掉下了,知道这娄子捅大了,心甘情愿地等待赵导的批评,哪怕一顿臭骂。

赵导见我神色不对,冲大家拂了下手:"不怪赵静,她是天生的,很难改。"转身对我不仅没有接着批评,反而一笑:说,"左撇子好呀,聪明!"

大家一笑置之,我也释然了。心里觉得,赵焕章导演真是难得的好脾气。

岂知,接下来发生的一件事情,又让我对赵导的脾气有了一个重新的认识——赵导,严格起来比谁都凶!

在剧组,戏里戏外我都想做个老实人,老老实实演戏,老老实实做人。所以,在老师和导演的眼里"赵静是很乖的"。但我这个听话的"乖乖女",却做了一次违规的事情。

当时,剧组住在青岛海边,领导严禁演员私自下海游泳。可是洪学敏、马晓伟、王国京和孟俊一帮年轻人就是受不了这种束缚。

我在年轻演员中算是"老实头",但天气太热,海边浴场又近在咫尺,对我也有一股挡不住的诱惑。他们就怂恿我,说:"赵静你要去,我们就去。"

因为守纪律,我不能去,不去又怕扫大家的兴。心里正在矛盾的时候,大家就数落我,总之一句话:

"反正要批评,大家一起挨批评就是啦,也不能你总是做好人。"

这话太噎人了,我经不起三劝两劝就被拉下了水。

于是,我们约好趁午觉时间,跑到海里游泳。他们游得很开心,我却一点不放松,心里不踏实,因为下午按计划是要排练的。我老是提醒大家注意安全,别错过了时间。终于,游泳收场了,我们分头一个个像躲猫猫一样躲着导演,偷偷地溜回各自的房间。

结果不巧,被来找他们的赵焕章导演逮了个正着,导演一见他们浑身湿漉漉的，就质问他们都上哪儿去了？他们一看露馅了，只好老实坦白去海边游泳了。

赵导很生气，火了：

"谁让你们去的？万一出事儿怎么办？"

我低着头站在一边，心里很自责。赵导打量我一下，说："赵静这么听话，怎么也被你们这些人带着去了！"

赵导的话，看上去是给我留足了面子，可我听了像一巴掌扇在脸上，火辣辣的。我想我也是"同谋"呀，真不能此刻充好人，于是，上前主动认错道，是我带他们去的。

大概我平时在赵导的印象中表现还不错，这次属于初犯，赵导消了消气，说了声"下不为例"，这才放过了大家。

可放走了大家，赵导却没有放走我，他像盯着一件出土文物一般，围着我转了一圈。

他不动声色，我芒刺在背。

人最大的修养就是和颜悦色，还有一种修养叫作每临大事有静气，赵导在我先前的印象里就是这样的形象，此刻还是这样。他克制了一下，说："赵静呀赵静，本来，我想好几句话等电影收工后送给你的——做一个好演员就先要做一个好人，好人有四守：守愚、守时、守信、守静。你叫赵静，不要让对你好的人静不下心来。"

说到最后，也不怕我被他吓住，他的话音突然拔高了八度，几乎是吼道："记住，下不为例！"

就这四个字，我记了四十年！

刘非老师陪我练骑自行车

1981 年，我拍《车水马龙》。

电影中有这样一个场面,首都京郊公路上车马如龙,一辆装满化肥的三驾马车堂而皇之地走在公路中央,车把式是号称"四大金刚"的马大车。他驾着马车啃着小萝卜悠哉悠哉地缓慢而行。忽然,一个运动员打扮的姑娘,骑着一辆运动自行车赶上来,大声地要马大车靠边走。

这个骑车的姑娘就是我出演的艾京华,一个自行车运动员。

要演好这个角色,就要学会骑运动员的自行车。

当时,演员组长是刘非老师,我学骑自行车,他就给我保驾。我们住在北京郊区农村"四季青公社",有一条比较僻静的林荫道,我们就在那儿学车。他怕我摔了,每天陪着我练,先扶我上车,见我骑稳了,就跟在我车后面一路小跑。

练这种自行车起码要骑到二十迈以上,我在前面骑得很快,他就像百米赛跑一样,两条腿要赶上我的车轮子,跑得气喘吁吁。

开始几天还行,跑到后来,他终于吃不消了,说:

"赵静呀,咱们能不能歇歇脚,我的腰都要跑断了。"

我呢,只顾自己不顾别人,一根筋似的在前面死劲骑,我是骑着运动自行车,没想到刘非老师是两条腿在跑步。

我刹住车,小憩。看着满头大汗的刘非老师,不好意思地说:"真对不起呀,刘老师!"

刘非老师抹了把汗,笑着说:"待一会,接着练,直到你熟练为止!"

这就是我们剧团的老师,总是这样对我尽心尽力!

至今,每当有自行车运动员骑车从我眼前掠过,我的脑海里就浮现出刘非老师那张满是汗水的笑脸,思绪一下子回到了从前……

张瑞芳老师对我的夸奖

我刚进上影厂,每见到张瑞芳老师都是远远的,犹如士兵见到将军。

那时，她是我们演员剧团的团长。

瑞芳老师对培养我们年轻演员十分操心，亲自去工厂、农场挑选年轻演员，在剧团开办培训班，一个个手把着手教，又发动老演员带徒弟，尽快要把我们这些年轻人推到第一线上去。

我来上影厂拍《新风歌》，外景都是在河南拍摄，有些内景戏是来上海搭景在四号棚里拍摄，一开始还引起了厂里不小的轰动，说，赵焕章导演在河南郑州找了个美女来演主角。消息一下子传开了。电影厂的人都懂得银幕形象的重要性，整整一年没有拍戏了，大家都很关注，因此四号棚显得十分热闹，有事没事的人经过四号棚都会进来瞄一眼，看看我长得究竟怎么样。我年轻单纯也不介意，看就看呗。

而我也有我的好奇心，厂里著名的电影演员很多，我时不时地观望几眼。

我对瑞芳老师十分尊敬。当年，在团里见她的机会虽然多，但还是远距离的，等于台上和台下。我真正跟张瑞芳老师走到一起，听她耳提面命的指教，是拍摄电视剧《长夜行》的时候。

小时候，看《南征北战》和《李双双》，她演的女游击队长和农村妇女队长，一个豁然豪迈，一个爽直泼辣，个个演得既生动又真实。我非常崇拜她，但始终没有机会接近她。一直等到拍摄《长夜行》，才有了跟随左右见习请教的机会。

每到片场，张瑞芳老师都是亲自蹲在监视器前，特别严谨地察看我们每一个人的表演。

我在里面演一个重要角色，戏份很重，张瑞芳老师对我的要求就很严。后来有一场戏，自己的儿子被人家拐走了，到处寻找没有一点下落，回来自己又受到呵斥，满腔悲痛无法倾吐……这场戏，大概过于激情，过于用力吧，我演着演着，突然就晕过去了，真的晕倒了！

等我醒过来，张瑞芳老师就十分关切地坐到我旁边。她说："赵静，你的这一场戏，太好了！"

"真的？"我说。

她认真地对我一笑，说："真的！说明你演得太逼真，你真的太投入了！"

当然，一个好演员演戏时必须要会控制自己。但当时在片场的那种情境下，能得到张瑞芳老师这样的评价，我还觉得是一种安慰。固然，我心里明镜似的，知道这种夸奖对我正是一种鞭策。

我心目中的秦怡老师

不知道什么时候开始我跟秦怡老师走得这么近。

一次，上海电视台一位编导给我来电话，说："赵静老师，你今天来做一趟节目。"

我问什么节目？编导说："家庭演播室。"

这个节目，我曾经被电视台邀请做过一次，就说："这次，谁的？"

"秦怡老师的。她点名要你做她的嘉宾。"编导说。

我愣住了。秦怡老师和我应是两代人了，她是我的偶像。年轻时，秦怡老师的名字就流芳艺坛，不愧为二十世纪四十年代话剧界的"四大名旦"之一。她在电影《马兰花开》中饰演青年女工马兰，扮相十分甜美。我最爱看《铁道游击队》，秦怡老师塑造的"芳林嫂"这一角色，真是家喻户晓，脍炙人口，老一辈人唱起"弹起我心爱的土琵琶，唱起那动人的歌谣"，眼前依然会闪现她温润的身影。之后，秦怡老师又拍了《女篮五号》《青春之歌》《海外赤子》等一系列红遍大江南北的影片，成为当年最受欢迎的电影明星，被周总理称赞为中国最美丽女性，受到毛主席的接见。她曾获第一届中国电视金鹰奖优秀女演员奖、中国电影世纪奖最佳女演员奖、第十八届金鸡百花电影节授予的电影"终身成就奖"，并荣获第七届"中国十大杰出母亲"荣誉称号。这样一位前辈、著名表演艺术家，这样一位德艺双馨的资深老师,点名让我做她节目的嘉宾,我何德何能,我行吗?

于是,我对电视台的人说:"怎可以呢? 我担当不了。"

他回道:"这是秦怡老师定的,她既然点了你,自有她的道理,你就不要推脱了。"

我心里虽然很忐忑,但也没法犹豫了,不能耽误秦怡老师做节目呀,我就答应还是去吧。

去了之后,只见满头银发的秦怡老师,精神矍铄,一亮相就赢得观众席上一片掌声和阵阵赞叹。

她是带着她的儿子"小弟"来的。我马上明白今天的主要话题是什么? 秦怡老师还邀请了她的一位好姐妹,说,等会上来,我们三人就先聊,聊到生活中的事,那位大姐出来,话题仍旧围绕着"小弟"。

秦怡老师的儿子叫"小弟",其实他已经不小了,但是五十多岁的人看上去还像个未成年的孩子。秦怡老师就开始讲她儿子发病时的种种情况,她又是怎样带着儿子。

"小弟"本名金捷,他的父亲是曾经颇负盛名的"影帝"金焰。金捷小时候,健康又聪明,学东西也非常快。但是,因为秦怡和金焰都是电影演员,长期外出拍戏,不能时刻陪伴在孩子身边,只好让他进托儿所。在托儿所,受大孩子欺负,经常被人打破头,甚至被人用小刀划伤。他从小内向、害羞,回家不敢说,就这样憋着。

秦怡老师根本想不到儿子早已患上了抑郁症。直到十七岁那年病情爆发,从抑郁症发展为精神分裂症,她才感到事情的严重。她舍不得把儿子送到精神病院,每次外出拍戏,总是把儿子带在身边,亲手照顾他的饮食起居,为的就是弥补这么多年的亏欠。

轮到我讲。我说,今天秦怡老师为什么特别叫上我? 因为我们一起参加的活动特别多,中国影协和上海影协、文联,以及外地的一些公益活动,几乎秦怡老师和我都一起出席。久而久之,我就发现,秦怡老师每次出来都带着儿子。我就觉得秦怡老师不容易,觉得她是天底下最好的母亲。"小弟"智力有问题，她并不在乎别人说什么，而总是尽心地做一个母亲该做的一切。这样的母亲，怎能不得到周边人的同情和尊敬呢！

所以，每次一有活动，我都抢先上前帮她一把，主动搀扶"小弟"。上车后，只要"小弟"能开口回话，我就善意地找一些他能接受的话题和他聊天，好让在家辛苦操劳的秦怡老师休息休息。

就这点细微的小事，秦怡老师一直记在心上。她总觉得我能理解她，与她走得最近。

后来，我拍了一部电视剧《撑起一片蓝天》。

戏里，我演母亲。这是一个以真实故事改编的电视剧，剧情是父子俩在银川飞机失事，庆幸父子俩都幸免于难，只是孩子伤势严重，内脏损伤，肢体多处粉碎性骨折，下半身瘫痪一直到胸部，医生宣判孩子肯定是站不起来了。孩子的母亲就将自己的所有工作都辞掉，带着孩子转院到北京，自己做孩子的看护。她租了房子住下，在北京人生地不熟，靠打零工缴房租，撑起家中这片蓝天。在她的精心照料下，孩子从卧床不起，到后来能拄着拐杖走路，其中经历多少艰苦努力可想而知。而面对孩子的未来，她更不轻言放弃。孩子的伤情有了好转，她就把精力集中在对孩子的培养教育上，让病床上的孩子读完了中学。后来，正好挪威的世界联合学院第一次到中国招生，她就为孩子报名应考，居然考上了！这个孩子就成了我们国家第一批出国留学的世界联合学院的一名学生。看，这是一位多么了不起的母亲！而我扮演这位母亲时，秦怡老师的形象就时常会在脑海里出现。

这部戏拍出来之后，我演的这位母亲，现实中的母亲，就获得了全国妇联颁发的"中国十大杰出母亲"荣誉称号。

事出偶然，亦属巧合，在此期间，秦怡老师也因她儿子的故事同样摘取了"中国十大杰出母亲"的桂冠。

不同的女性，同样的精神！

所以，从一个母亲的角度，我特别敬佩秦怡老师。一次，"小弟"得了尿毒症住在瑞金医院，我知道后就去看望。她穿着医院的蓝色护理服，戴着帽子，戴着口罩，全副武装，俨然一个老护工。儿子在做血透，她就守在病房，一会儿理理管子，一会儿掖掖被子，一会儿又给儿子喂点温开水……

真是可怜天下父母心呀，看着看着，我心里说不上是什么滋味，只觉得要找个地方抹一抹眼泪。

我的母亲不在身边，我就把秦怡老师当成自己的母亲一样，作为一位老艺术家也好，老师也好，再伟大再尊敬的称呼也比不上——母亲！

对她，我帮不上多少忙，最多只是平时在一起时上前搀扶一把，一有活动上台阶下台阶总是我搀着她。每每，心里总在想，这样一位女性，得有多大毅力，多么的坚强，才走到了今天？

外人眼里，秦怡老师雍容华贵，风光无限，殊不知她骨子里一直很苦啊。

"文革"期间，秦怡老师被批斗，造反派把她整得很惨。但她从不怨天尤人。生活上，独自照顾姐姐、先生、儿子三个病人，靠她一人养活全家十一口大小。

你看她，一副金丝眼镜，配上她明媚的笑容，尤其眉宇间的干净气息，整个娱乐圈上下几十年似乎也难找出几个。

这样的女人，应该衣来伸手，饭来张口，时刻被人宠着，哪知，在家里她就是个普普通通的家庭妇女，能自己做的事情都是自己做，内衣内裤全部自己洗。看似小事，却很了不起。所以，我就一直把她当作自己生活上的楷模！

秦怡老师的姐姐生病时，有人说，她姐姐看病可以拿她的医保卡挂号取药。秦怡老师坚决不干。她说："这是国家、单位给我的一份待遇，我不能让家里人乱花国家的钱，姐姐看病，我可以给她钱，她拿我的钱去看病名正言顺。"

人家又说："没关系的，不就是拿一点药嘛，拿你的医保卡给姐姐开一点药可以的。"

秦怡老师说:"不可以!"

一次,有人又提起这件事,我就附和着大家,说:"可以的。"

秦怡老师看了看我,认真、坚定地回道:"不可以。"

我就故意跟她抬杠:"可以的。"

她立刻对我拉下脸来,大声地说:"坚决不可以!"

虽然我们是开玩笑,但秦怡老师遇到这样的玩笑却总是一本正经,丝毫不让。就这一点,我就觉得她真是了不起。

记得一次搞义演,要捐款。你就看她吧,不像有的人张张扬扬地公开数钱,而是从桌下自己的提包里随手一掏,不数,说:"我就这些钱。"

我说:"你就意思意思行了。"

"不!"她把提包又拿上来,仔细看看,尔后悄悄地把所有的钱都捐了,起码也有一万元。

类似这样的事情,好多。

2008 年,汶川地震,秦怡老师把手头仅有的二十万元现金,全部捐出。别人问她怎么生活,她说还有工资,这个月没有了,下个月还来。

秦怡老师就是这样的人,完全活在别人对她的希望里,忘却了自己。

做人,一丝不苟;演戏,也是一丝不苟。

秦怡老师常说,美貌是可以给演员加分,但真正要演好一个角色,光凭美貌,是不够的。角色都是人,先把人做好了,角色也就演真了!

她说得认真,做得也认真。

我跟她一起演《母仪天下》,以及几次和她一起参加朗诵,她都是把词儿统统地背下来。

这多费功夫呀?

见我不理解,她就说:"应该说,我是老了,眼睛不行了。我要不背,就要戴上眼镜。一副是走路的眼镜,一副是看字的眼镜,换来换去多麻烦呀,所以,我就把它们背下来,方便一点。"

她那时都是八十多岁的人了，还是这么认真，这一点对我触动很大。说的是眼镜的事，实际是岁月不饶人，要是我，我可能不接这个任务。她却不是这样，既然任务分给她了，她也答应了，她肯定不会因为自己的问题影响到大家，她一定是把自己的那一段完成得特别的好。

这些点点滴滴的事，对我们这些小字辈的演员真的是一种鞭策，一种激励。

演《母仪天下》，秦怡老师也是特别认真。每次都是提前到片场。化完妆，把自己的事情做完，就坐到一边背词儿，准备戏。而到了她演艺生涯的极限年龄，她又自己动手写剧本，自己筹款，自编自演，自己扮演戏里的女主角。等等这一切，她怎能不当之无愧的称为一个女强人呢！当我观看她的电影《青海湖畔》时，情不自禁地泪眼婆娑。她的真诚，她的气质，她的执着，无不时时感染、激励着我。

在此，请读者允许我代表广大观众向秦怡老师，我母亲一样的老师，这位演艺界最受尊敬的老前辈，致以崇高的敬礼！

上影厂演员剧团像一个幸福的大家庭

我们上影厂演员剧团就像一个薪火相传的大家庭，老一辈的演员就像父母，同一辈的演员就像兄弟姐妹。

我刚进团时，还是懵懵懂懂的，第一次参加拍电影，对一个年轻姑娘来说，除了新鲜，更多的是惊讶和感动。以前在曲艺团舞台上演出时从来没有那么多人围着自己转，可在摄影棚里就不一样了。每拍一个镜头，化妆师都会来补妆、吸汗，服装员要来认真检查穿着是否合适，摄影师要来测光、调整光位，这下照明工人可忙了，几十斤重的大灯在移动着，不光是在底下的照明工人在忙，还有站在梯子上在大太阳底下举着太阳灯的照明工人，也要根据镜头的变化，在梯子上或是脚手架上移动灯光装置……

此情此景，令人感动。

第一次拍片就在我心中种下了感恩的种子。

后来参拍的片子多了，这种感恩的心理也更加重了。是的，拍电影出名的是演员，可摄制组有多少人在为此付出辛劳啊，他们默默无闻地工作着，为每部影片的成功而欣喜，为能出一个新演员而高兴，多么无私啊！

这些无名英雄都是我人生的老师。

而演员中的老师同样是这样兢兢业业，尽职尽责。

韩非、程之和陈述，三位老前辈，台上台下都是我的榜样。他们不光会演戏，还都有拿得出手的个人爱好和"绝活"。程之老师，拉一手好京胡，写一手漂亮的字；陈述老师写一手好字，还画一手的好画；蒋天流老师画一手好画；仲星火老师写一手好字。我的游泳就是陈述老师教会的。还有凌之浩老师和乔奇老师，对我也有很多很大的帮助。

我演《笔中情》时，切切实实的是一个新手，手把手教我演古装戏的是孙景璐、程之和张莺等老师，他们对古装戏特别在行，只要一有空闲，就教我怎么做，怎么样走路，怎么样说话。严碧丽导演还专门找来好多书推荐我看，让我了解人物的时代背景，指点我怎样在琴棋书画上急用先学，立竿见影。

传帮带，是上影厂的好传统，一直延续到现在。而演艺的传习又是润物无声，耳濡目染的。

赵丹、白杨、王丹凤、韩非、张伐、张瑞芳、秦怡、陈述、程之、牛犇、向梅、达式常、梁波罗，好多老演员都带过我，有的活动都一起参加。

留在我印象中的精彩画面，总是从前——我们经常到部队，到工矿慰问演出，许多演员都是自带节目，有时，简直是张口就来。陈述老师说段相声，程之老师表演自己的一个片段。嘿，这些老师，上台就有，出来就是。我们却不行，要唱唱不来，要说说不出。所以，那个时候，只要团里有慰问演出活动，行与不行我都要参加，因为，和他们在一起，我总能学到一些在课堂里学不到的东西。

他们中间，许多是历经磨炼、功成名就的表演艺术家。他们常说，表演是有生命的。所有成功的表演，都来自不倦的努力，你无法找到捷径。

他们又说，不是每一次努力都会有收获，但是每一次收获都必须经过努力，这是一道公平的而又不可逆转的命题。

和他们在一起，我觉得特别的充实。

一年，春节联欢，我们上影厂的老艺术家都来了，白杨、王丹凤、张瑞芳、秦怡都来了，向梅老师也在，我算年轻的。拍完了大合影后，晚会主持人曹可凡走到我身边，对我扫了一眼，惊讶地说："啧啧！赵静呀，我发现了你一个问题。"

"你说，什么？"我问。

他回答："你怎么和她们站在一起？这里你最年轻。"

"你这话什么意思？"我又问。

他把话挑明了："你年龄跟她们不一样呀，你怎么也成了老太太，也在她们里面。"

我这才反应过来，他在提醒我心态老了，但我一点都不生气，只觉得跟这些老前辈在一起，心里就荡漾着一股幸福感。这也是我能在曹可凡这样的名主持面前引以为荣的事，因为——我们上影厂演员剧团就像一个幸福的大家庭！

然而，幸福是无垠的，生命的时空却有限。

一次对我的采访活动，为我在电影院放映了两部影片，一部《车水马龙》，一部《笔中情》。看这两部片子的时候，我一直忍不住，一个劲地流泪。

采访我的记者就问："赵老师，你怎么啦？"

我说："我不能再看这些电影了，有三分之二的老师都不在了……"

岁月静好，毋忘师友。

常言道：帮过你的人不能忘，暖过你的人不能远，知恩报恩，是做人的基本准则。别人对自己有滴水的恩德，都应该铭记在心，何况是师友栽培提携的大恩大德,我们更要念念不忘,一有机会就必须知恩图报,反哺孝敬。能够做到这一点,我们的心地才会真正清净。

而今,老师们一个个相继离去,我怎能不黯然神伤。

我一路走来,总有贵人相助。父母、家人是我的亲人也是我的贵人,演艺事业上更离不开老师的培养和同事的帮带,老师和同事都是我的贵人。我时常想,怎样才能回报大家?我没有更多的能量和资本,但我可以通过自己的努力和奋斗,去塑造一个个善良、正直、勤奋,对国家和社会有用的形象,用实际行动答谢老师和艺友,回报帮助过我的所有人。

面对死神　心静如水

　　带着冷静的心上路,你会发现世界原来如此简单,简单成了两个字——生与死。

　　活着是一种幸福,而当死神蓦然站在你的面前,你会领悟到,生老病死是自然规律,正如莺飞草长是生命的诗意,叶落残秋是岁月的历练。

　　病魔的喧嚣归于沉寂。那些疼痛,那些绝望,那些生与死的搏斗,都将成为走过的人生之旅留给自己最珍贵的馈赠。

　　——这是,我大病之后《致自己》的一席话。

突然头疼

　　1999年,一个燥热的夏夜。

　　我突然头疼,持续不断地疼。实在疼得睡不着了,我想问一问妈妈和姐姐,她们都是医生。再一想,怕吵醒妈妈,就给姐姐打电话。

　　姐姐说,可能是感冒。

　　吃感冒药,一个礼拜不瓦效。

这时，妈妈来电话了，问我感冒好了没有？

我头正疼着呢，左边耳朵后面，像一把锥子在钻着脑壳，疼得我直掉眼泪。

妈妈就说，你是不是三叉神经疼？让我冲个热水袋捂一捂。我照她说的办法，躺到床上，用热水袋捂着头。感觉好一点。可一动身，热水袋挪开，又开始疼。

我只好去找医生。医生说吃点止疼片。我就吃了，几个小时一过，又疼开来，而且疼得更厉害了。

就在这时，也许是上天眷顾，我又遇见了贵人。

我先生丹宁军的几个战友小聚，带上我。我本不想去，但盛情难却。

朋友相见自然开心。可过了一会，我的头又开始疼痛。也许是出门前吃的止疼片药劲过了。

朋友们一见几乎是齐声问道：

"赵静，你怎么啦？"

我当时头疼的不能忍受了，只能实话实说："我头疼十多天了。"

"这种疼法，你应该到大医院请专家看一下。"有人说。

"到哪儿找专家？"我说。

"巧了！"今天的东道主是朱小夏，他说道，"远在天边，近在眼前，我们这儿正有一位专家！"

说着，朱小夏就把他身边的一位朋友给大家做了介绍："左权，长征医院脑血管神经外科，专家！"

"左权？"我诧异道，"抗日名将。"

"我姓陈，陈左权。"左权说着，健步走到我的身前。

军人的气质就是不一样，英气逼人，眉宇间，带着一种医生特有的睿智。他对我询问了几个症状，说："明早，不要进餐，空腹，到我那儿做个检查。"

一夜无眠。

▲ 儿时留影

▲ 我的老师曾说,赵静的眼睛里总想着什么。是呀,我在想这个角色怎么演?

▲ 在电影学院上学期间

▲ 短发的我

▲ 与外婆、妈妈的合影

▲ 我和爸爸妈妈

▲ 1979 年，江边留影

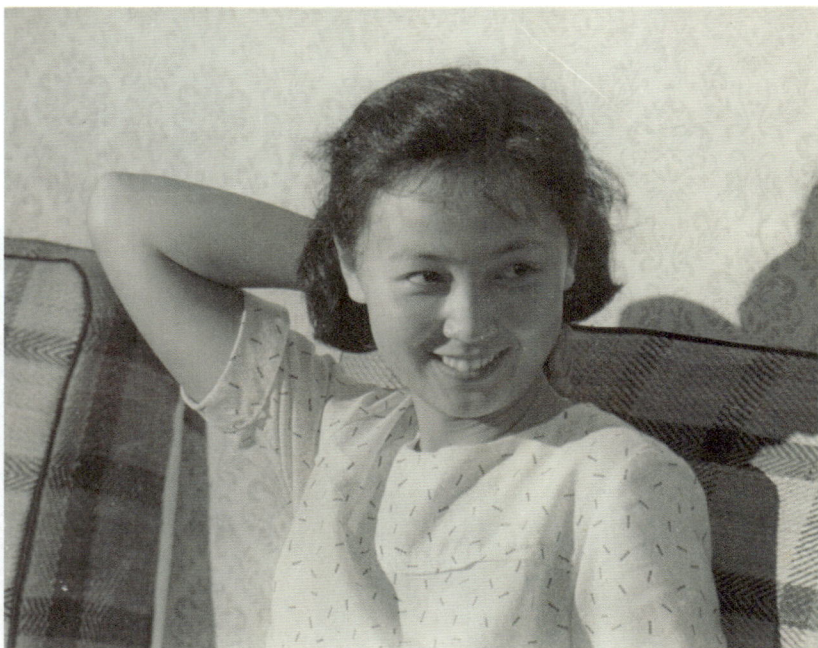

▲ 那时我还年轻

▲ 调皮的我

▲ 和先生丹宁军的合影

▲ 和先生丹宁军同台演出

▲ 和先生丹宁军的合影

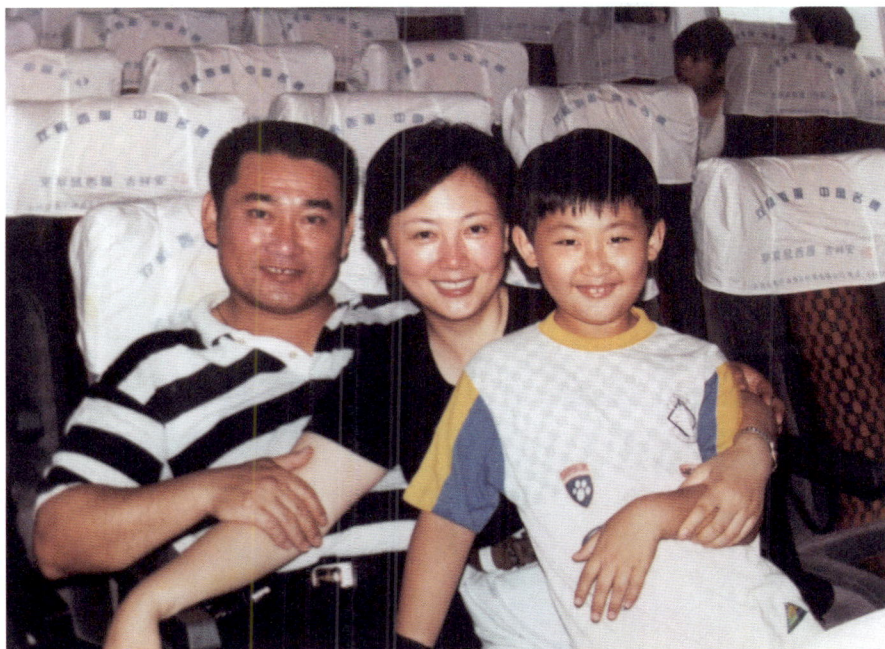

▲ 一家三口

▲ 我和儿子鹏举

▲ 我和儿子鹏举

▲ 儿子丹鹏举参加上影剧团组织的"六一"儿童节,和剧团演员们的孩子们合影留念

▲ 工作之余

▲ 迎着阳光

▲ 生活照

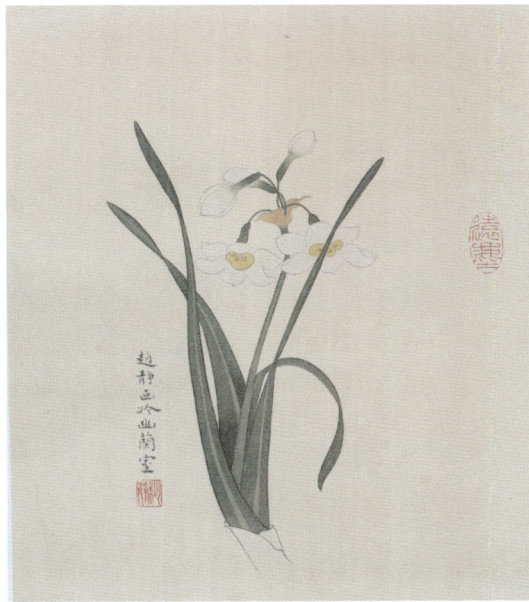

▲《静待花开》(我的绘画作品)

▲《以花结缘》(我的绘画作品)

第二天,天亮就起床,八点到医院。

长征医院是解放军总后勤部设在上海市中心的一家大医院,享有盛名。我从小就住在军队大院,现在进了军医院,马上有了一种亲切感。左权医师正等着我。

核磁共振,彩超拍片……结果,检查报告出来了,左权医生说:"住院吧。你确实有一个毛细血管破裂了,在硬膜和软膜之间,是个动静脉瘘。"

我虽然听不太懂,但必须住院治疗,而不是门诊,那就不是小毛病了。等左权医生详细问过我的症状,我迫不及待地问他:"要紧吗?"

左权医生冲我放松似的轻轻一笑,说:"不要紧,但要做手术。"

"开刀? 在我脑袋里动手术?"我心里像塌方似的乱石飞溅,我的先生丹宁军听了,脸色也顿时暗了下来。

"不做行吗?"我又问。

"不行。这就像个定时炸弹,如果你在很偏远的地方拍戏,出现问题就来不及了。"左权医生接着说,"手术,不是你们想象的开刀,是介入手术。先办住院手续,住下来叿听我慢慢解释。"

当时,我们和左权医生还不太熟,但他是我们朋友介绍的专家,听他的没错,先住下来再说。

介入手术之前

既来之则安之。

左权是我的主治医生,我问他,介入是什么? 因为我必须在手术之前了解它,也了解它适应不适应我的病情,这是起码的。

左权医生不反对,拿来三本书,医学上的"介入",脑神经外科方面的书,说:"这些书,没事你就翻翻。"

我如饥似渴地翻看这些专业的书籍。真的,枯燥无味,一点不像剧本那样引人入胜，但是，怪了，比看剧本还要专注，还要入神。它们不是供我消遣的，是让我解惑的。看了之后，大概弄懂了一点，什么是动静脉瘘，什么叫介入手术，起码对自己的病症和治疗有了一个理性的认识。

既然确诊是动静脉瘘，那么，接受手术治疗就只能是唯一的选择。

我躺在病床上，床头柜上那一摞左权医生送来的医学书籍与我相伴，脑袋里先是翻江倒海，然后，一片空白。

渐渐，病房特有的来苏尔味道变得越来越淡了，我不仅适应了环境，也定下心来坦然面对命运的挑战。

左权医生来了，冲我一笑，说：

"赵大姐，等病痊愈，你就成专家了。"

我也揶揄一笑，转过话题，问他我到底是什么原因，为什么会生动静脉瘘，而且在脑子里，是用脑过度吗？

左权医生就像导演跟我分析剧情一样，告诉我，动静脉瘘的形成，一般是后天造成的，比如摔跤、撞伤、过于用力气啊，血管淤塞发病，年轻人或老年人都有可能，等等。

我突然想到，我生完孩子不久，在老家骑自行车，快到家门口了，我并没有刹车，车骑得也不快，也没有下车的动作，就莫名其妙地从车上摔了下来，躺在地上半天没有反应。

左权医生说："这种情况，往往是脑部供血不足，缺氧。原因就是毛细血管已经有症状了，第一反应就是头疼，一般保守治疗可以缓解症状，要根治还是做手术。"

话题自然转到介入手术上。左权医生介绍，介入手术。不需要开颅，是当今国际上流行的微创手术方法。这种方法主要是从大腿的股动脉穿刺插入导管，导管里再放导丝，导丝里再打胶，对血管瘘进行栓塞。我们国家引进这项技术已有十年，技术很成熟，风险很小。他让我把心放宽。

他接着说："这种手术，我们医院也能做，但怕万一，慎重起见，我们专门为你请了一位全国脑介入手术的专家，北京的凌风，来上海主持这个手术。"

"凌风?"

"我的老师,北京协和医院的专家。"

动静搞大了,我问:"为什么?"

"因为,你是名人!"

"我怎成了名人?"

左权医生认真地说:"听说你赵静住我们院了,这两天不少人跑来,说看过你演的电影,都想再看一眼真人呢,嘿,全让我们挡了!不过,我理解他们,赵大姐,连我也是你的粉丝呀!"

我一时语塞,真不知怎样表达心里的感受。只听左权医生十分负责地说:"医院上下都很关注,你既然住在我们医院,院里就要首先考虑到对你负责!"

"我不是明星,我只是个普普通通的演员。"我强调着。

一股热流涌上心头,虽不情愿但也不好拒绝,于是颔首对着左权医生说了声谢谢!

坚强地做一回"女汉子"

决定做手术了,我大哥和姐姐都从河南赶到了上海。

姐妹见面,我就对姐姐说,亏你还是医生,怎说我头疼是感冒?

姐姐说,她和妈妈也想到可能是血管瘤,作为医生自然会从重症往下排除,可对家里人总不会先拣重的说呀!

正拉着家常,我先生丹宁军回来了。

他是被左权医生叫去签字的。去签字,一去近一个小时,回来也不敢正面对着我,见到我哥哥姐姐也不打声招呼,就慌慌张张地领着他俩往外走。

我很敏感，肯定有什么话不能当着我的面明说了。

医院的走廊十分寂静，尽管他们的声音压得很低，我还是依稀听到几句，他说，他签的是一份生死合同，里面有那么多不好的可能性，签到后面手都直抖……

我沉默了。左权医生带给我的书上，就有脑血管手术预后的多种可能性。手术台上下不来，可能不会，但万一什么功能区受损，弄不好就会半身不遂，甚至成了植物人，那就生不如死了！

不容我多想，他们三人回到病房。哥哥姐姐不动声色，丹宁军的心思却瞒不了我。

他目光游移，眼神十分迷茫，我见了犹如风吹草动，不禁心慌意乱，本来平静了的心潮又起波澜。难道左权医生对我有所隐瞒，而丹宁军却知道了真相？

这种感觉就好像被判了死刑的囚犯在等待着死亡。让人恐惧的并不是死亡的本身，而是等待死亡的过程。

我们紧紧地抓着彼此的手。

仿佛生平第一次，我才觉得我身边的这个男子汉像个懦夫。

我二十六岁以前，遵照爸爸妈妈的"约法三章"，没有谈过一次恋爱，他是我的第一个男朋友。

我们的相遇相识是因为电影。

记得，那个年代，我在拍电影，他也在拍电影，尽管他拍他的，我拍我的，但是就像五百年前有过约定似的，几乎在擦肩而过之时打了一个照面，他就开始追我，追我的方式是给我写信，信中只谈我的表演。

因为有共同语言，我才决定与他见面。

第一次见面，是他打来电话。那时候我正在上影厂招待所，是跟我一个室友一起去见的他。我的感觉还可以，室友也悄悄地说，蛮好的。

他体貌刚劲，性格豪爽，谈吐也不像恋人，跟大哥哥一样，很亲切。尤其是他叫丹宁军，名字带个"军"，显然和我一样同是革命军人家庭出身。

还有,他穿着军装,是一名现役军人,海军。自从我拍《海之恋》,我就对大海,对海军充满了向往。我爱大海,我爱海军。他是海军一个文工团的话剧演员,与我同行。

谈着谈着,我就坚定了我的想法:我一个人在外地,不在父母身边,所以,就想找一个比我能力强,既有生活阅历又像大哥一样能照顾人的这么一个人。

照着这个角度去找,这个人就是丹宁军了。巧的是,我俩的父亲都曾经在部队,一说番号都知道。更巧的是,带他回家,姐姐出来一看,说,就这个人,像个大哥哥。

真的,姐姐和我对他的第一印象基本一样。

过了双方家长的"政审关",又过了家里规定的"法定年龄"——28岁,得到爸爸妈妈的点头认可,我和丹宁军便顺理成章领证结婚了。

婚后,温暖的小家成了我的港湾,他给了我最大的支持,直至后来脱了军装转业进上海,心甘情愿地当了我的"后勤部长"。

我俩虽然性格不太一样,一个刚,一个柔,他刚我柔,倒也刚柔相济。像天下的夫妻一样,我们也吵过,但吵过吵过,吵了,就过了。特别是,我们有了儿子,就谁也离不开谁了。

现在,我病了,我从他紧攥的手中感觉到他更离不开我。

突然之间,我想开了,为了这份亲情,为了我们的孩子、我们的家,我也要坚强,坚强地做一回"女汉子",面对死亡的威胁决不肯低头认输!

一个信念:我死不了!

当一切想过之后,我并没有像旁人以为的那样悲观失望,反而格外平静,心里只有一个信念:我死不了!

我的坦然面对，却让亲人更加焦虑。

手术当天，进手术室之前，我没有和大家说声再见，大家就守在手术室门外，从早上八点一直到下午四点，整整做了八个小时的手术。

手术是先做了血管造影，之后根据造影情况再制定手术方案。凭凌风医生的多年经验，我的手术顺利完成。

我平安地回到病房。但苏醒后的呕吐让我很难受，而腿上给动脉止血的沙袋，压得我不能动弹。打了一针止吐针后，我的意识更为清晰了，第一个意识是我还活着。

我看见床前哥哥姐姐、左权医生和我先生的微笑相应，我知道手术是成功的。

我心里的压力，彻底解脱了。

左权医生说，手术很成功。

几天后，体检指标正常，我高高兴兴出院了。

很快，一年过去。复查，左权医生说，为了巩固治疗，最好再做一次伽马刀。

一年前住院时，我在左权医生的那些书上，就知道这个"伽马刀"。当时，我像背台词一样背过它，至今还默记在心里：

伽马刀是立体定向放射科的主要治疗手段，它是根据立体几何定向原理，将颅内的病变组织或正常组织选择性地确定为靶点，使用钴-60伽马射线进行一次性大剂量的聚焦照射，使病变组织局灶性的坏死或功能性改变，从而达到治疗病灶的目的。

这是一项综合利用核物理、计算机、生物放射、机电等一系列现代技术才能实现的手术，是医学治疗史上的一个革命性突破。可是，不管它多么先进，对于常人来说，谁愿没事找事试它一刀？

我也不情愿！

一听说，又需要动用伽马刀，我的心不由得吊了起来，不会有什么不好吧？

左权劝我,为了保险起见,最好做。

这次,先是在伽马刀医院。手术前,丹宁军又要签字,这字,他是咬着牙关签的。

等待进手术室了,丹宁军那一向刚毅的脸上泛起一片柔情,对我说:"不用紧张,没事的,这次病好了,我还要陪你去买裙子呢!"

他有点强颜欢笑,还前言不搭后语,但我知道他刻意在分散我的注意力,给我减压。

自从当年我演过《街上流行红裙子》,自己也就特别喜欢穿裙子,这次来伽马刀医院的路上,在一家专卖店,丹宁军带我进去,我看中了一条裙子,礼服一样,试了觉得非常合适,特别喜欢,就是贵了点。丹宁军说,只要你喜欢,管它贵不贵,买下吧。我托词说它是黑色的不吉利,没买。所以,他说起买裙子的事,我就连声答应道:"买买买!"

说话之间,医生已经准备好了,马上领我进了手术室。

首先见到的是伽马刀医院的潘副院长,他旁边站着一位身材高大的主治医生。两人一高一矮,一胖一瘦,对比一下反差很大。跟着他们,进了一间看似简单的屋子,里面有一把黑色的皮座椅,另外就是一张白色的条桌。他们扶我坐在椅子上,帮我系好一根带子。再看,他们每人手里都拿着一个盒子和一只钢圈。真不知道这些都是干什么用的,他们将要把我怎么样?

也许看到我非常紧张地盯着他们,潘副院长就和我开玩笑道:"这把椅子是美国进口的,现在你就是江雪琴,我们是在中美合作所给你上刑了。"

当时,我瞬间还真有这种感觉,我是江雪琴。因为没有经历过这种场面,对伽马刀手术也不懂,我的心里始终是紧绷的,眼睛不停地跟着他俩的举动转来转去。

他们开始用手在我的眼部以上按压,又在脑勺后面按压,像是在寻找什么? 接着,手停在我的眉骨上不动了。

他们对视一下，便打开了工具盒。我抬头一瞟，满满的工具盒里有螺丝刀，有钳子，有小锤子，还有螺丝钉。我等待着。看到他们拿出小拇指粗的四颗螺丝钉样的东西，我突然问这是要干吗？

他们回答，是用这四颗螺丝钉把那个钢圈固定在我头上。

我又问："怎么固定？固定在什么地方？"

再一看，他们一人拿着一支针管，准备给我打针，说："现在给你打麻药啊，开始会有一点肿胀感。"

这时，我突然意识到这不是要在脸上的某个部位打针动刀吗？我立即恳切地告诉他们："我是个演员，你们不能在我脸上留下疤痕。"

他们立刻说："正因为知道你是演员，所以才选在你的两个眉骨上和后脑勺的地方把这个钢圈固定住，不会看出疤痕的。"

麻药打下去了。他们开始给我"上刑"了。他们手上的螺丝刀掠着那螺丝钉，碰撞的金属声音在我两只耳边穿梭回响，我实在难以忍受了，只觉得眉骨处撕裂般疼痛不堪，眉骨上没有肉只是一层皮，螺丝钉硬生地拧进去，疼得我已是泪流满面了。我知道麻药没有起作用，但我一直咬着牙，没有吱过一声。

这时，医生发现我不对劲，哭了，问怎么回事？我说疼死我了。

他们见麻药的作用很低，过意不去地对我说："你就哭出声来吧，别忍着，叫出来会好过一点。"

看似这样的安慰轻描淡写，说得也很轻松，但实际上他们的动作却在加快，以最快的速度最好的效果把钢圈固定住了。

我一直忍到最后，嘴唇都咬出了血，始终没哭出一声，任凭泪水哗啦啦直掉。说真的，那一情境就仿佛自己跌倒在铁轨上，火车的车轮无情地在我脑袋上碾压，那感觉真是痛不欲生。

我的忍耐，换来了潘副院长发自内心的感动："赵静你太坚强了！"

钢圈固定住了，这才是第一步。

后来知道，这钢圈上有一百二十多个小孔，放射线要通过这么多小孔进去打到病灶上。而这个放射线的剂量要求计算准确,就要靠医生的技术了。剂量少了不行,剂量多了又会形成脑积液,更重要的是那么多孔,射线必须绕过脑子里的所有功能区,稍有不慎后果可想而知,死亡,傻子,瞎子,半身不遂,都有可能。

戴着钢圈,医生又把我推进一个仪器室里。偌大一个空间只有一张带着半圆罩子的床体,整个屋子里空荡荡的,但却播放着一首让人舒展而暖心的萨克斯曲——《回家》,十分优美动听。顿时,让人觉得在空旷的屋子里一点都不孤单,并且充满着生的希望——回家!

医生在外面观察着屏幕,精心操作。

我闭上眼睛,等待着这一刃都走过。我心里相信,医生们会用心给我做好这个伽马刀手术,而死亡也会离我远去……

面对死神,心静如水——也许,我做不到。但是,有一个信念始终支撑着我——我死不了,坚信我会活着,完好地活着!

终于,手术顺利完成了,再接着就是康复治疗。

至此,我的心越来越平静了。经历了潮起潮落,我在疾病面前已经平静无波。

善待自己 惠及他人

当死神离我远去,我越来越觉得天蓝蓝、水蓝蓝,无病无痛的活着,真好!

很快,我完全康复的消息传遍我的朋友圈。很快,我的家就成了咨询中心,而我就当之无愧的成了现身说法的"医疗顾问"。

我们一位导演,人到中年,得了宫颈癌,转移了,医院让她开刀。她特别紧张,就打电话给我。

"赵静呀,你做过手术,你当时怎么想的?"

我毫不迟疑地告诉她:"没有怎么想,我只有一个信念,非常重要的,我死不了,坚信我会活着!"

"真的?"

"真的! 就这么简单!"

她听了我的话,坦然地去医院做完了第一次手术。康复之后,她逢人就说"赵静太好了",又对我说:"就你这句话鼓励了我。我一开始都没有信心了。人在这种时候,真不能绝望,真的得有一种信念,我死不了!"

她的话,反过来更让我坚信,人在生病时不要害怕,要积极面对,积极治疗。不要自己先把自己吓死,更不要讳疾忌医,错过了治疗的最佳时间。

从此,只要听说有人头疼,我就特别敏感,马上就去主动询问,如果人家需要,我就帮助找医生,而左权医生就成了我的第一张王牌。

就这样,多年来,帮助了不少人。

所以,我最爱听也最欣慰就是——"赵静,就你那一句话,改变了我的命运。"

也许是经历过了几次病痛,在死亡线上走了几回,让我变得更加豁达、无畏,也更加珍惜生命。

也许是妈妈、姐姐、嫂子都是医生,她们在影响着我。我先从自身去观察,自己生病了,不管大病小病,我总爱问、爱查、爱看,还不断地总结治疗心得,症状怎样? 药效如何? 朋友生病了,我总爱问前后原因,平时爱看这方面的医疗书籍,把自己的感知告之与人。于是,有人开玩笑说:"赵静是半个医生啊!"

常言说,赠人玫瑰,手有余香。

是啊,生命是一种回声。你把善良给了别人,终会从别人那里收获善意。当你发现一花一草都在对你微笑,当你发现每件事情都充满顺缘,当你发现身边的人越来越需要你,这就是善良的回声。

善待自己,惠及他人。

人有善念,天必佑之。

生命不息　静以修身

人生就是无数次的尝试，可以无数次的重新开始。

生活就是不断地挖掘出自己的潜能，用每一日、每一月、每一年去抒写自己的一生，去创造属于自己的传奇。

我，也有我的"另类"传奇故事——

唱歌——涤荡心灵，魅力无穷！

我进曲艺团学唱戏，其实一直没有解决好气息问题，唱戏没有气息，唱着唱着，嗓子就累得不行，这等于说我虽然有一个很好的声音条件，但是缺少气息就不能长久地唱下去。

曲艺团的王世元老师对我指点，他说，你看赵铮老师，听上去她声音哑哑的，却能够唱得很长，医为她会用气。赵铮老师也对我说，要想把戏唱好，气息是基础，是动力。练习气息，不是一朝一夕一蹴而就的事情，一呼一吸，都要苦练。可惜，我在曲艺团时间不长就调走了。

到了上海，我一边拍电影，一边悄悄地寻找解决气息问题的方法。到了1998年，我想学唱歌，特别爱唱《我爱你，中国》，然而，高音上不去，低音下不来，总是唱不好。

一次偶然的机会，遇到同台演出的原上海歌舞团的歌唱演员贺继红，听我说想学唱歌，就介绍我去见石林老师。

石林老师是上海音乐学院的声乐教授，我就想拜他为师。

那时，我特别爱唱彭丽媛的歌，不同的歌有不同的唱法，情感十分饱满，像《希望的田野》《我是黄河泰山》《说聊斋》《父老乡亲》《我爱你塞北的雪》，有些歌还带有戏味儿，喜欢唱，也许与我原来唱过河南坠子有关。

石林老师听我试唱，我就唱了一首我常唱的保留歌曲《我爱你，中国》。

石林老师听完后，问我为什么爱唱彭丽媛的歌？他说："彭丽媛的歌都是大歌呀！"

我说："彭丽媛的歌大气、深情，不同的歌不同的唱法，有的还带有戏味，听她的歌，很有一种带入感，真的是非常喜欢。"

石林老师点头笑了，给我的结论是一匹"野马"，敢唱，声音宽大，高亢，可塑性强。

石林老师很高兴地收下了我这个学生。

在石林老师的悉心指导下，从视唱练耳入手，到怎样把握节奏，再到怎样提升音色，一步一步地就把我的气息问题解决了。

气息一直困扰我多年，对演员来说，无论唱歌唱戏，气息都非常重要，就是说话也需要运用气息，而气息的控制对我在朗诵时也起着一个关键作用。

气息舒畅了，一顺百顺。石林老师帮我解决了气息，不仅让我觉得嗓子不再累了，而且让我觉得自己确确实实打开了一个新的窗口。

音乐是神奇的。石林老师说，音乐是发自人类灵魂的声音，是人类用于触摸世界最经典的语言。这话很有哲理。而音乐在某种程度上比文字更能表达情绪，更容易使人有身临其境的感觉。这就是为什么好的电影还想看第二遍,音乐也一样,人们也会一遍又一遍地欣赏甚至百听不厌。

我爱上了声乐,爱上了歌唱,越学越感到涤荡心灵,魅力无穷。

学着学着,石林老师就给了我最大的鼓励,他说:"赵静,要是时间倒退十年,你就要站在歌坛上了。"

一次,在石林老师的师生演唱会——"星星泉"师生演唱会上,我唱《没有强大的祖国,哪有幸福的家》,博得了全场的掌声。掌声比其他演唱者都热烈。这并不是因为我是什么名人,而是因为我的表演给我加了分。我不仅会唱,而且能演。激情发挥,声情并茂。

演唱完了,我就听见另外一位教授问石林老师:"这个学生是哪儿的?"

石林老师告诉他,是电影演员赵静。

那位老师对石林老师说:"这才是你真正的学生。"

石林老师愣了一下,反问:"怎么说?"

那位教授说:"嗓音宽厚,气息上下通透,而且声音特别扎实,表演也恰到好处。"

当时听了这些赞扬,石林老师比我还高兴,觉得我这匹"野马"给他争了光,他为有我这样的学生而骄傲。

我也觉得挺开心的。可等拿到光碟,回家一听,把自己可吓坏了。首先,并不是老师表扬的那么完美,比如音准上,比如节奏上,可以处理得再准确再细腻一点。我不禁反问自己:"怎么会这样?"

从学习的时间上,我可以原谅自己,我学习的时间不长,同台的那些演员,都是学过四年、五年,正规毕业的专业学生,还有硕士生。可能,我的演唱技巧不如她们,但我为什么反而受到老师格外的表扬呢,原因是我学过表演,台上的气场要比其他人强。

果然,石林老师来电话,在提醒我要处理好音准和节奏等细节后,让我抽时间去给学生上一堂表演课,说:"我们好多学生,让她动起来,她就动不了,甚至一动也就不会唱了,要表演就唱不了了。"

我听了老师这席话,悟出一个道理,觉得表演也好,唱歌也好,其实都应该是从身心出发相辅相成的事情,缺一不可。而我则要在演唱技巧上下功夫。

功夫不负有心人,我的声乐水平日有长进。

更让人惊讶的是,自从学习唱歌以后,我的身体状况有了很大的起色。原先,一遇气候变化和气压低,我就有气管不舒服和咯血的现象,学唱歌练了嗓子咯血现象再也没有发生过。身体健康了,感觉整个人变得开朗活泼了,而演戏也就更加放得开了。这一连串的感觉,真的让我相信——艺术同源与音乐的神奇!

跟石林老师学了一段时间后,我回河南探亲。以往每次回去我都要到曲艺团看望老师们,他们就让我唱一唱。这次一样,我就唱了几首。

听完我的歌,王世元老师就说:"赵静,你现在的气息解决的非常好,为什么?"

我告诉他我学唱歌拜了老师的事,他听了点头赞许。

老师的肯定,让我特别激动。

高兴的时候,在心里止不住要感谢领我入门的朋友贺继红,当然,更要感谢教我声乐,帮我真正解决了气息问题的石林老师!

与绘画相伴终生

说完了唱歌,接着就要说说画画了。画画对我而言,也有一段非常愉快的过程。

据说,人生来就爱画画,孩子还不会写字就会涂鸦。我小时候见到五颜六色的糖果纸都喜欢的不行,那可能是我对色彩的最直接的憧憬。再大一点,看到人家画画,三笔两笔就画出了好看的画儿,要人有人,要花有花,惊讶得很。上了学,渐渐我的爱好空间被唱歌跳舞占据了,其实它们都是文艺的姐妹艺术，来到上海电影制片厂，身边就有好多画家，我对这门姐妹艺术的观赏机会也就多了起来。明媚的春阳、清新的原野、波光粼粼的溪流，这就是艺术家眼中的世界。他们透过独到的眼光，将我们看似平凡无奇的世界变得多彩多姿。我往往羡慕极了。

一晃，我进了电影学院，有一门选修课，许多人都选钢琴，我就选了绘画。是孩提时代的那一种愿望怂恿了我，所以就选了绘画这一课。

老师教我学画国画。先做示范，拿笔蘸上墨，画山水。我一看，奇妙呀，水墨交融在宣纸上渲染成各种不同的深浅层次，很快一幅水墨山水画跃然纸上。

当时，我不知什么缘故，心里就出现了一种意境——水光潋滟晴方好，山色空蒙雨亦奇。欲把西湖比西子，淡妆浓抹总相宜。

我一下了被吸引了，如痴如醉地爱上了国画。

而当我走进这个门，才知道中国画博大精深，意韵无穷，在世界艺术中无疑是独特的。通过学习，我了解到中国画的产生、形成与发展不仅有着久远的历史，而且有着深厚的文化根源。中国画跟中国戏曲一样，讲究传承。我生平第一次听到吴昌硕、齐白石、黄宾虹、朱屺瞻、李苦禅、潘天寿、吴湖帆、张大千、李可染等等大师的名字，真是如雷贯耳。

轮到具体练习，老师一教，我立马拿起笔，按照老师的做法画出一幅，水墨稍干，突然觉得宣纸上出现了让我意想不到的效果。

我请老师看，老师端详一下就说了一句："我发现你特别有灵气，有悟性。"

"真的？"我看着老师。

老师说："我看你画的，真是非常好！"

老师这么一句话，对我的激励太大了！

在电影学院只有半学期的选修课，我之所以选修了绘画，因为喜欢画画。不怕人笑话，当时的感觉很幼稚，总以为画画简单，不用写文字，就用画把你所见所想的东西记录下来。哪知根本就是两码事。那线条，那用墨的感觉若没有基本功,没有生活积累,没有艺术感觉,哪里能画出来呢?否则,就成了小孩子的涂鸦了。

不过,我还是挺庆幸自己拍了一部电影《笔中情》。当时为了练毛笔字,每天早上的第一件事就是练习至少半个小时的小楷。时间宽裕,就写一个小时。这样的练习直到电影拍摄结束,我还延续了两年左右。后来因太忙了,这种坚持就变成断断续续的了。我想,若能从那时候坚持到现在多好。回忆往事,我真感谢书法家张森老师和钱茂生老师,在拍摄《笔中情》时,是他们手把手教我如何写字。这一路走来,真的还和这两位老师做了朋友。

画好画,必须写好字。如果说学院的老师觉得我画画还行,我想那几年的书法练习还是给了我很大的帮助。最起码的是对使用毛笔一点也不生疏。

我开始学画先从竹子画起。竹子高洁挺拔,清风傲骨,是"松竹梅兰"四君子之一。我爱竹子。

老师指点,画竹先画竿,行笔如书法,画主干用"楷书",稳健而力透纸背;画枝杈则用"草书",笔法流畅一挥而就;画丛生的竹竿应有笔墨变化,用墨的浓淡干湿营造虚实阴阳关系和空间感;而画竹叶,更像写字——人、个、介,还有"鱼尾"和"落雁"一说。

我渐渐入神了,又买来《芥子园画谱》,照着画。一次影协搞活动,居然选中了一幅我画的竹子。从此,好多人就认为我真的会画画。

其实,真正专心致志于画画,是看到我的同行好友洪学敏的画。她住北京,跟许多画家接触,视野开拓,画出的画让人看了意想不到,好多的色彩叠在一起,五彩斑斓,非常夺目,有一种印象派的感觉,连专业画家都佩服的不行,说她很了不得。我看了既惊讶又羡慕。就问她怎么画出来的?她说,闭关,把自己关在房间里,关了一两个月,发自内心,泼墨大写意。

我心领神会,洪学敏能这么刻苦,我也努力吧。我学画,画的是黑白的,人家是彩色的,我想用颜料画,那就画牡丹。

这时期，我要感谢我的一位朋友王根福。2000 年生病后的疗养，我来到太仓他的家里小住月把。他夫妇俩对我照顾得无微不至，不单是每天的三餐照料好，还给我看了他收藏的许多大家的名画。那段时间，不仅养好了身体，而且在赏画、品画上眼界也有了很大的提高。阿福买书是不惜钱的，有些画册、书籍都是好几万元一套，有的还是限量版。

眼界提高了，有了一定的鉴赏水平，对画画大有好处。长期不断的积累，绘画的艺术理念渐渐在我心中潜移默化。

我开始学着动笔画画了。

2006 年，参加上海文代会，会上有很多美术界的老师，我就拿着我画时拍的照片去请教。

大家传看了以后，一位老师十分认真地问我："这都是你画的？"

我点头，说："是的。"

"看上去没有十年工夫，你画不了这样！"

我从他的眼睛里看出是真话，不是忽悠我。这时，听见身边一位老师说，我的画有"西画"的感觉。

我有点错愕，不懂什么叫"西画"。

那老师接着说："你的画有些像莫奈。"

"莫奈的画？"

另一位老师说："还有点像陈逸飞。"

"陈逸飞的画？"

法国的莫奈，中国的陈逸飞，我虽对他们的名字有点印象，但他们的画作就不清楚了。我回家开始翻书，才知道他们都是中外的绘画大师。

而我，才画了一个月，真的只有一个月。

老师们虽然觉得不可思议，但又觉得我有那么一点天赋，都鼓励我继续画。

我就去买了好多书，莫奈、陈逸飞、张大千、吴湖帆、陈老莲……

他们的色彩都很漂亮。而我的这些画，色彩也很大胆，看上去很鲜艳,真有"西化"的感觉。然而,我开始并没有接触过他们,连大师们的名字都不知道呀。

我就在心里追问自己,这些色彩的感觉从哪儿来的?

确实,我喜欢西方的美术,那些大教堂的壁画,还有教堂窗户上的五彩玻璃,那色彩,那拼图,十分抢眼。这些,大概都对我有了启示作用。

还有,看了洪学敏的画,对我的色彩也有启发。

再往前追想,追想到小时候,那年代,除了跳橡皮筋、踢毽子,我就特别喜欢把红红绿绿的糖果纸贴到碎玻璃上,再在地上挖一个小坑,把它埋进土里,晚上埋下它,第二天早上把它再扒出来,只见那糖果纸被潮气洇湿了,颜色变得有深有浅,霞光一照,碎玻璃玲珑剔透,上面的糖果纸就特别的艳丽。也许,这些小时候印在心灵中的色彩感受,一直潜移默化地引导着我。

有了这种自信,我便对着大师的画,做一些临摹。

对不起,却是画什么,什么也画不成了,只觉得毛笔像灌了铅似的变得十分沉重,拿着笔再也画不下去。因为,临摹首先要像,可我只看到面子上的色彩,看不到底子里的那些层次,再说,我没有大师的功底怎能画到大师一样?

我的胆子变小了,但痴心不改。

痴迷到只要有色彩的地方,红花也好,绿叶也好,甚至是一个广告的墙面,我都会驻足停留很长时间。一次演出,下楼梯时,回头看到大厅里有一幅《牡丹图》,我目不转睛地看着,哪知脚下踩空,一下摔倒了,而且摔得不轻,我这才意识到不能再这样走火入魔了。

一跤摔醒了我,应该收敛一下。

我换了一个方向,把看实物变成看画展。丁一鸣、廉亮等朋友的画展我去看,外地画家来上海举办画展,我想方设法都要去看,各种流派各种风格的画展都看。看多了,听多了,慢慢理解画家的风格就是画自己想画的画,和表演相由心生一样,同样画由心生,画中的花也是真的,有生命的。于是,我回到我的原点,继续笔耕。

每个人,都生活在自己想象的世界中。你怎么想的,你的世界就变成什么样。

按照自己的想象,自己的感觉,自己喜欢的去画。

画出的画,像一个个未打扮的女生,很朴素。

内行人说,装裱以后将是另外一种感觉。

我就把这些画送到画家丁一鸣那儿,请他帮助去装裱。

画,送出门了,我的心突然像掏空了似的。这些画伴随我一个多月,像亲人一样,朝夕相处,我都能触觉到它们的体温,感受到它们的呼吸。突然它们离我远去,一下子失去依恋,几个晚上我都睡不踏实。

后来,画装裱好了回到身边,就像出嫁的女儿回门,女儿一下子成人了,出落得分外端庄大方。画家丁一鸣在装裱之前,帮我做了个别的裁剪,俨然是进行了第二次创作,不仅使我长了见识,而且裁剪装裱后的那种感觉,真的是不一样!

这是我的第一份结业答卷。画家丁一鸣很有眼力,他是上海书画院的执行院长,笑意盎然地对我说:"你大学本科毕业了!"

我也笑着回复他:"本科不行,我要读研究生!"

听着是开玩笑,其实是心里话。我真的想拜老师。几经寻访,我的大师兄廉亮就向我介绍说:"陈佩秋先生,国画大师,鉴赏家,一位很有名望的老太太,而且是你河南老乡。"

我一听,太好了!

陈佩秋,上海画院画师,上海大学美术学院兼职教授。她擅长工笔,八十几岁高龄仍笔墨不辍,其画作像《春山白云图》《柳荫白鹭图》《浅水遥山图卷》《青峦山居》等等,在艺术界影响很大。评论家评她,"作为一个传统中国画的继承者,她赋予自己的使命——对传统国画于现代艺术发展的贡献做重新的定位。在钻研传统表现手法后,她细心观察自然万物,专注于表达她对大自然的崭新观感,写她的胸中丘壑"。她,确实称得上是大家。

我崇拜陈佩秋先生，一心想拜她为师。2014 年，在她的作品拍卖会上，我见到她。我将储存在手机里的画展示给她看。她一幅接一幅看了好一会，沉吟片刻，说："画得很好。"

"真的？"

"真的！"

我惊呆了！更让人意想不到的是，她听了我拜师的请求，欣然应允，说："愿意学，我就收你这个徒弟！"

2014 年 6 月 13 日，九十一岁的佩秋先生在上海龙华寺举行收徒仪式，我正式成了陈佩秋先生的"入室弟子"。

我从练习素描基本功开始学画工笔画。所有画作，都先用线条打底，再一遍一遍上色。有人问我干吗不画自己原来喜欢的呢？我说，既然拜师，我就必须重新开始，从头学起。

陈佩秋先生在教我画法技巧的同时，总是提醒我要多读书，书，不仅是名家画册，还有鉴赏家的评说。

比如，明代大收藏家卞永誉，博古通今，每当评画，多有独见。他在评北宋范宽《临溪独坐图》时，认为此画"真得山静日长之意"。陈佩秋老师说："这句'真得山静日长之意'蕴涵着中国艺术的一篇大文章。他突出了'静'在中国画中的地位。诗要孤，画要静。这里也包含了深刻的人生体验。"她又说："画画还要多读唐诗宋词，从诗词中吸收智慧。人对时间是一种感觉，阳春季节，太阳暖融融的，我们感到时间的流淌也慢了下来，苏轼有诗：'无事此静坐，一日是两日。若活七十年，便是百四十。'在无争、淡泊、自然、平和的心境中，似乎一切都是静寂的。怎样去画出静的感觉，画家本身就要静心。"

不止一静，还要三静：静心、静气、静神，让灵魂在静中修行，让构想在静中驰骋，创作之花才能结果。所以，画画，是心境的一种情怀，一种寄托。所谓，一花一世界，一叶一乾坤。

陈先生还说，画也是从生活中来的，你画的牡丹，它的花的朝向有阴阳面，枝叶也是有出处的。不是乱画，要注意观察，才能画好画。

我就在这样的熏陶中，静下心来，进入工笔画的创作。功夫下得最多的还是牡丹。

2014年12月，在上海涓东金桥碧云山庄举办了为期一个月的《冰山雪莲——赵静个人画展》。

画展，博得了许多人的赞赏。前来参观的专家和绘画爱好者对我的牡丹上色大胆、造型有创意给予了极大的肯定。不久，我的牡丹画又在上海世贸中心展出，人们开始在传"电影演员赵静画得一手好牡丹"。

2016年国庆节，中国文联主办的《共圆中国梦——中国当代表演艺术家书画作品展》在中国美术馆举办，我的牡丹画被选送北京。接着，《庆祝中法建交五十周年——东西方对话——大型文化艺术名人名家邀请展》在巴黎卢浮宫隆重开幕，我的牡丹画又走出了国门，跨入国际艺术殿堂。

我很开心，觉得人生又做了一件事。

只是开心之余，我的耳畔常常萦绕着一句话：永远不要拿你的业余，去挑战他人的专业！

所以，我一边感受快乐，一边心存敬畏。对我来说，画画可以相伴终生，但纵然终生画画，毕竟还是业余！

朗诵，我真喜欢！

说到朗诵，人们会说，这本是一个演员尤其是影视演员的看家本领，还要学吗？

我的回答是：必须学，而且是认认真真地从头学起。

我这个认知，来自于我生平第一次参加的大型朗诵活动，陈少泽老师和我一起朗诵《田野放歌》，演出地点在北京音乐厅。这是一部特别激昂的朗诵诗，声音特别需要激情，身后是大型交响乐队为我们伴奏，一登台我不禁有点怯场，尽管我俩都有一个比较好的舞台形象又有一定的舞台经验，而且声音都很好，但并不是说就凭这几点谁都能驾轻就熟。我带着激情上去，又在激情中经过，像过山车一样，终于完成了我的第一次朗诵，那情那景，至今令我难忘。

朗诵也许是一种最简单的表演形式，可以没有对手只一个人表演，可以没有音乐，没有豪华的舞美设计，也没有更多的舞台辅助功能，形式简单不过。恰恰是这个最简单，往往会被人简单处理而不屑。但是我就觉得，别看它只是一个朗诵，其实并不简单。过去，我总认为朗诵只是一种艺术形式，而在北京参加朗诵《田野放歌》之后，我感到朗诵本身就称得上是一门艺术。这门艺术，不少人看似容易，却不是随便拉一个演员上台捧着读本就能担当的。

我也是经过多次参加朗诵活动，才渐渐掌握了规律，有了一些心得和体会。朗诵的要求，必须做到：

一要把握情感。感人心者，莫乎于情。一切表演艺术都是抒发情感的艺术活动，朗诵也不例外。而要让朗诵体现出真情实感，一方面要加强文化修养，培树自身良好的情操。另一方面是对作品的认真研读，体会作者原创的立意，自己就是作者的化身，自己就是抒情的主人，朗诵诗中的话就是我要说的话，朗诵诗中的情就是我要抒的情。

二要把握形象。朗诵要有形象思维，所谓情景交融，意象丛生。情能称景，景能传情。因此，想象力对朗诵者十分重要。当然，这种想象，不是天马行空，漫无边际，而是受作品制约的，根据作品提供的条件所获得的形象感受。朗诵时，脑海里"过电影"，不仅有情，而且有形，形神兼备，才会生动感人。

三要把握节奏。朗诵诗的语言本身最富有节奏感和音乐美。朗诵的节奏，主要体现在停顿、轻重和缓急上，读音的轻重、速度的快慢，随着情感的波澜而起伏,就造成了一种抑扬顿挫的节奏感。

四要注重体态。人们说话,除了声音之外,总还伴随着一定的体态来帮助传情达意。所谓,眼睛能说话,以手势助说话,等等。而舞台上的朗诵者,身体动作也要随着作品适当变化。体态语言运用得好,可以起到吸引、强化的作用。怎样运用才算好呢,概括地说,就是适度、自然、协调、优美。适度就是体态语言要少而精,不能过多过滥,手舞足蹈。自然就是体态语言是情感的真实流露,不能装模作样,虚张声势。协调就是体态语言与表达内容和谐统一,不能指东望西,顾此失彼。优美就是体态语言不光要真实、自然,而且要让观众看了舒服,听了愉悦。动作应有控制、要含蓄,符合艺术表现的要求,不能是生活的照搬。

朗诵带给我的不只是技巧,更多的是精神层面的体验。每一首让人传诵的诗歌,之所以鼓舞人心,都焕发着每个时代鲜明的价值导向和强大的号召力量,抒情,写景,都贯穿着诗人发乎于心的真情实感。所以,朗诵者除了技巧,还必须具备三个"真"——真诚、真实、真情。为什么不少著名的朗诵家,如乔榛、瞿弦和、方明等,名望总是长盛不衰,我就觉得,是他们的真诚、他们的真实和他们的真情,打动了观众。这就像做人,台下和台上一个样。

带着这些体会不断实践,只要有朗诵演出邀请了我,我都积极参加。一边耕耘,一边积累。2014年,我开了一次别开生面的个人朗诵会。

那时,在上海浦东金桥碧云山庄我办了一次个人画展,画展从策展到闭幕都很圆满,我特别想答谢帮我举办这次活动的所有朋友。怎么答谢呢? 只好用我的表演,为朋友们举办一次朗诵会。

我把十多年来保存的所有朗诵作品,以及平时读书看到的精彩章节,集中起来认真遴选,选出二十二篇,前后用了半个多月时间进行整理,又请孙克仁老师帮我配乐。

孙老师做事总是精益求精,他和我,一首诗一首诗琢磨,我朗诵他配乐。力求起承转合,音量适中,相得益彰。

准备就绪后,在我的个人画展即将撤展之前,就在展览大厅,我的第一次个人朗诵会拉开了帷幕。

崔杰老师为我主持,梁波罗老师当我的助演嘉宾。还有两个企业家主动踊跃担任互动嘉宾。

宾朋满座,欢声频传。二十多篇朗诵诗,合着音乐,歌颂伟大的祖国,歌颂敬爱的周总理,歌颂我们的父老乡亲……抒情诗、爱情诗,一首一首奉献给观众。两位互动嘉宾穿插着他们的节目,梁波罗老师默契地配合着我,我带着满腔深情演绎着每一首作品,我声音激扬观众会振奋,我声音悲伤大家会动情。

那天,我真是一往情深,根本不觉得在这样一个不是舞台的舞台进行的是一场演出,而是在与大家以诗会友,用充满健康向上的诗情向大家讲述着自己的向往与追求。本来,预想一个半小时的朗诵会,结果没想到延续到三个小时。

我真的被感动了。当我合着音乐,反复朗诵着一首《您鼓舞了我》的歌词时,我又一次流泪了。

　　　　每天当心情低落,我的灵魂如此疲惫,

　　　　每当麻烦接踵而来,我的内心苦不堪言,

　　　　然后,我会在这里等待,

　　　　直到您出现陪我坐一会儿……

　　　　有您的鼓励,所以我能攀上高山,

　　　　有您的鼓励,所以我能横渡狂风暴雨的大海,

　　　　当我依靠着您时,我是如此坚强,

　　　　因为您的鼓励,让我超越了自己。

　　　　没有任何的人生,可以不经历痛苦!

　　　　有您的鼓励,所以我能攀上高山,

有您的鼓励,所以我能横渡狂风暴雨的大海,

　　当我依靠着您时,我是如此坚强,

　　因为您的鼓励,让我超越了自己。

　　······

　　我反复地读着这首歌词,仿佛把自己融进歌词的意境和这美妙的旋律里,我的声音,我的气息,我的语速,我内心的情感,都在倾诉着我对在座的所有观众——与我一路走来,帮助、支持我的所有朋友和亲人的感激之情。

　　神醉心往,余韵悠长。

　　朗诵会结束了,大家还沉浸在艺术的共享之中。

　　2018 年,我应邀参加全国"十大朗诵家"的评选活动。

　　其间,大家都把自己的朗诵作品送到网络上一个"朗诵平台",我从上次个人朗诵会二十二首朗诵作品中选了几首送去,如《卖火柴的小女孩》《海上日出》等,然后由评委会专家和群众进行投票点赞。

　　《海上日出》是巴金的散文,本身可读性强,加上我的演讲在情感处理上比较准确,投票点赞率很高。

　　我入选"十大朗诵家",前往北京颁奖会领奖。

　　北京,科学会堂。我拿到奖杯后,现场给大家朗诵。我朗诵《祖国,我是永远属于你的》,结果,台下掌声特别响亮。

　　当天,好多来自各地的朗诵大家,他们围着我说:

　　"赵静,你朗诵得真好!"

　　面对这样的赞美,我一个劲地摇手。

　　我想到,从小就爱听广播,播音员字正腔圆的声音特别吸引我,一听"小喇叭开始广播啦"我就聚精会神,儿童节目中的小故事,译制片中配音和原声,都是储存在我记忆深处的各种声音造型,所以,我小时候就喜欢朗诵,中学时一直是文艺宣传队的"第一主持"。八十年代到上海拍电影

时，又为广播电台录制过许多广播剧，再后来演话剧，总之一直都没有离开对朗诵的热爱。

之所以这么用心的学习语言艺术，其实源自于我小时候的语言表达能力很差。不太爱讲话的我，有时阅读一篇文章都不知在哪儿断句，有时一口气没吸好，一句话都读不完整。因此，小时候会经常受到姐姐的奚落："一句话都读不完整，真笨！"

可真笨的我在工作之后，就把自己当成笨鸟，总是主动先飞，单位学习读报纸，我自告奋勇说我来读，我笨，但我不怕丢人，我就是这样，每天坚持听中央人民广播电台的播音，学习他们的标准普通话，又向他人学习，不断地学绕口令，练气口、喷口。就这样，我战胜了自己。现在每当接受一场演出，读诗或散文，只要有任何一点恍惚的字、音，我都马上查阅字典，把它标注上。有时一句话要读出好几种味道、感情、语气，最后选择一个最佳方案。这也许和我拍电影创作人物有关。说到这里，我要为丁建华老师点个赞，一次聊天时，她说直到现在她都会每天自己读报半个小时或一个小时。这样一位语言艺术家能这样坚持，对我来说真是一种榜样的力量！

艺术是相通的，姐妹连心，水乳交融。学习和借鉴其他艺术形式，对我表演艺术的提升也是有帮助的。这中间，我体会很多，很多。

真的，就是这样的，朗诵，我真喜欢！

"我没有时间去老"

上海郊区一个六十岁开外种蘑菇的女同志，人们都称她"蘑菇姐姐"。她在日本留学，学栽培种植，回来就置身于现代化农业的建设。她，身材矫健，活力四射。我们问她怎么还这么年轻，她不假思索地笑道："我没有时间去老。"

当时听到，我们所有的人都感到特别震撼。随口一句话，一句大实话，我没有时间去老，确确实实是一句很有意思，耐人寻味的话。

我马上把它记下来，不是记在纸上，而是记在心上。

由这句话再想到，像秦怡老师，还有很多被称之为"工作狂"和"拼命三郎"的人，从来不考虑自己的年龄也不顾惜自己的身体，就那样日复一日，孜孜不倦，为了理想，为了事业，刻苦地学习，忘我地工作。他们没有时间去老。所以，我觉得这句话放在他们身上特别贴切。其实，我自己干事情也是这样的，真不觉得时间过得好快。坦然，我年龄也不小了，但是常常忘记自己的年龄，在工作时，往往很踊跃，很投入，总带着一种精气神，一种勇往直前、积极向上的精神，我想，一个人在需要付出的时候愿意付出、能够付出，终归是一件美好的事情。

常言道，天不再与，时不久留。

记得在北京电影学院学习时，一位法国的演员给我们上课，他说，做一个演员，一天二十四小时除了睡觉之外，都应在工作。

这话对我影响很大。

我的兴趣非常广泛，学唱歌、学画画、学朗诵、学书法、学烹饪、学摄影。

说起摄影，一次从美国洛杉矶到拉斯维加斯，我从早到晚一路上拍过去，行进中我练就了拿机很稳、镜头不虚，看上去像静止拍摄。还有在夏天，立秋前后总有台风，台风过去，每天早上或傍晚拍摄那漂亮的朝霞和晚霞。平常季节我每天早上四点半到五点之间早起拍日出，我对它起名叫"我家屋顶看日出"，那不同的日出不同的色彩，变化莫测。这让我想起美国画家凯文，他在同一个地点不同季节画了三百多幅油画。当我参观他的油画展览时，联想到我自己每天早上在同一个地点拍日出，拍出不同的效果。所以，我感到，不是我一个人在做同样的事情，还有其他人在做，在坚守，而且比我还要有毅力。

我也有毅力坚持下去。

这一些,看上去是业余爱好,其实与我的表演专业都有着千丝万缕的联系,我说,这也是我工作的一部分。

学习要勤奋,要有一颗宁静的心,也要有一股毫不松懈的傻劲。我最喜欢书香氛围,明亮的窗下,一杯茶,一本书,我可以阅读半天,这是我每个周日下午最温馨的时光。记得,初来上海,我的工资几乎一半全买书了,家中最宝贵的东西就是书。

巴金、余光中和余秋雨的散文,徐志摩、戴望舒、流沙河、雷揉雁、舒婷、北岛、席慕容的诗,我都爱读、爱看,看多了,也爱动笔写点心得感悟、闲情小语。去年,上海影协举办诗歌书法比赛,给我的选题是写"上海的桥",我酝酿推敲写了一首——

桥

黄浦江上座座桥,
宛若纽带一道道。
衔接浦东和浦西,
人心相连竟自豪。

俯瞰上海亦是桥,
大陆宝岛双肩挑。
一衣带水隔不断,
两岸相通本同胞。

站在申城看世界,
上海俨然一座桥。
融合东方与西方,
左顾右盼涌春潮。

阿拉画桥侬画桥，

画好金桥画银桥。

一带一路手牵手，

大写蓝图更美好！

写诗、做文章不是我的强项，我也不可能成为诗人、作家，只是我有一种学习的欲望，什么总想试试。

有人对我说，到了我这个年龄，什么都不缺，什么都有了，还学什么呢？我说，任何一个新领域，你我都是小学生。有人又说，赵静呀，你的结业证、资格证、上岗证，那么多证书都好开一个店了，难道退休后想干"第二职业"？

我倒不是想干"第二职业"，只是想趁自己还没有真变老，再学点什么。选择了一下，决定再报名参加"心理咨询"的培训。

学习《心理学》，一方面为工作，一方面为孩子。

先说工作。

演员要演好一个角色，就必须把握人物的心理特征，强势的人、懦弱的人、豁达开朗的人、沉默寡言的人、罪人、病人，不同的人有不同的心灵状态，不同的心理走向，不同的心路历程，不同的外部特征。生活中，处处都存在心理方面的问题。怎样把这些方方面面恰如其分地体现出来，演绎出来，演员本身就要补好心理学这一课。

比如，我设计一个动作，既要从人物的内心出发，又要考虑到对手的内心世界，往往再三揣夺。而从心理学的角度分析种种表面现象的前因后果，体验"动作与心理"的联系，就能形成敏锐的洞察力。所以，我觉得学习心理咨询，对我的表演有很大帮助。

系统的学习心理咨询，不仅解决了表演中的问题，同时解决了人际交往中怎样了解他人、识别真伪，通过观察聆听他人的动作、神情和语言做出比较客观的分析判断，使我受益匪浅。

再说孩子。

我的儿子是 1990 年出生的,生他时我三十三岁,已经超过最好的生育年龄。我结婚晚,婚后就去上大学,毕业了又不甘心落后而不断接戏,一直到三十三岁才考虑要孩子。

人说,一个真正的女人是应该做一回母亲的,而一个好的女演员也该亲身体验一下做母亲的滋味。

然而,这时的我,应该算是"高龄产妇"了。

我回河南老家在郑州生产,产后大出血,命悬一线,医生全力抢救,保住了我的生命,也保住了我的儿子!

当天,产房里六个孩子出生,只有我生的是男孩,倒不是重男轻女,因他是来之不易的孩子,全家人喜出望外,他爸爸更是高兴得不行。

满月那天,丹宁军举着襁褓中的儿子,给他取名——丹鹏举,小名鹏鹏——鹏程万里!

殆不知,得子不易,教子亦难。

为了实现这个美好的愿望,尽我们的可能给了儿子最好的教育。进最好的幼儿园,上重点的小学、中学。这一阶段,难度还不大。

听我同事说起孩子的高考,她简直就像上刑场陪绑一样。从早点到宵夜,从小考、期中考、模拟考到大考,她没有睡过一个安稳觉。还不能对孩子着急,整天轻手轻脚大声喘气都不敢。我当时听了,觉得太夸张了,不至于吧?

没想到轮到我这一样,我真的得出结论:那几天过的日子犹如进了上饶集中营,生不如死,太折磨人了。

怎么办?社会环境、竞争机制,决定人人都在努力,谁也不敢懈怠。而我们做父母的只能见机行事,适当激励。所幸,丹鹏举高考成绩不错,考上了上海外国语大学,没有辜负我们的期望。

后来他出国留学,我们也积极支持。

可在当时,儿子处在"青春期",我也进入"更年期",矛盾就突出了。

外面的世界很精彩，各种诱惑都存在。怎样引导儿子健康成长？成了摆在我面前的一道最亟待解决的难题。

所幸，儿子日益阳刚，渐渐成了一个阳光青年。

这中间，首先得力于学校和老师的教育，而家庭、父母的沟通、疏导也是关键。我不可能抚平我与儿子之间的代沟，但我可以成为儿子的朋友，力争做到和儿子同步。

儿子在校学习成绩不断提升，我也在遥望儿子身影的同时，完成了我的心理学培训，获取了"心理咨询二级资格证书"。

真的什么都想尝试，都想学。2010年上海世博会前，我看到上海市图书馆有一个"迎世博海报征集"活动。我问了一下，什么人可以参加？回答都可以。我脑海中马上跳出图像来了。我想，把我画的牡丹都打碎成各色的花瓣，再把它们像礼花一样绽放、落下。牡丹是中国的国花，富贵圆满，是一种具有吉祥含意的花卉，又是用中国画的形式表现，既有中国特色，又有特殊的意义。

可这些想法都要借助于电脑的修图。我不会。正巧我在剧组拍戏，我就想请剧组的剧照师容宽帮我来做。当时他对我的邀请并不在意，我又进一步向他说明我的想法，想做一个让城市更美好的海报参加大赛。他依然不理会。我就把我所有画的牡丹图给他看，这时他呆住了，看着我半天没说话。等了一会，他突然开口说："赵姐我帮你做！"

我太高兴了，他终于答应了我。我立即将我的创作意图和将来海报的呈现效果向他逐一阐述——上面是礼花绽放，下面是上海黄浦江面上的浦东一景"东方明珠"、国际会议中心等一排建筑物，我正好有一次乘游轮夜游黄浦江，拍了一组"东方明珠"的夜景照片，真是天助我也！我的构思得到容宽的肯定，俩人一拍即合。在容宽的共同合作下，一幅具有中国特色的海报设计成了！

我们又到图片喷绘社校色打印，不久，一幅完整的海报出现在上海市图书馆的展厅里。评委都是来自世界各国的专家，他们在参展海报的背面贴上标签,以示投票。意料之外,我的参展作品得到了"入围奖"。组委会给我颁发了八百元奖金和一张荣誉证书。我感到,奖金和荣誉都不重要,重要的是我的积极参与,为世博会做了一点小小的贡献,因此很开心!

有人说,生过一场大病的赵静越活越年轻,都问吃了什么灵丹妙药?

我说,是学习学习再学习,不断地充实自己,像蘑菇姐姐一样,没有时间去老!

生命不息,静以修身。我要活到老,学到老!

静夜思

夜深了，人静了。

我不禁对自己的人生，荣与辱，苦与乐，得与失，做一些思考。

"道生于静，德生于谦，福生于俭，命生于和"，这些古训，不仅蕴藏着养生长寿的奥秘，而且包含着深邃的人生哲理。上面的"静、谦、俭、和"四个字，仿佛就是四面明镜，也是我做事做人的信条。

首先，我是幸运的。我是"文革"后，我们上影剧团第一个批准加入中国共产党的年轻演员。在厂工作，几乎每次群众评选我都是先进。

三年前我整理家务，整出一大摞"荣誉证书"，对此我问心无愧，

但是，我也希望看到能有专业的奖状。

从自己参演第一部戏，一直到1985年进电影学院之前，我基本上都是出演的"女一号"、女主角。大学毕业回来，反而随着年龄增长慢慢地就演到"女二号"。

四十年前，初登银幕拍完《冰山雪莲》就获得峨眉厂的"小百花"最佳女演员奖。岂知，从此我与各种专业奖项长期绝缘，电影"百花奖""金鹰奖"，连提名都没有。

不仅被冷落，而且常被忽略。我们电影表演艺术学会编撰一本书，印

出来了,既没有我的照片,也不见我的名字,字里行间竟然找不到"赵静"的一句信息。主编是我在电影学院学习时的老师、系主任。我问他,所有的演员都在里面,怎么就没有我?老师"哎呀"一声,说:"怎么会呢,不可能!"

我笑道:"学生没有忘记老师,老师把你的学生忘记了!"

老师道歉又道歉。

其实,要说计较的是关心我的观众,有人总问我为什么没有得奖,我都一笑置之。没必要因为被冷落被忽略而自卑,也从没觉得没有获奖而轻视自己。

我就是这样一种心态,云淡风轻,宠辱不惊。行到水穷处,坐看云起时。所以,当人家又说,你现在怎么又频频得奖啦?我说,我也不知道,大概轮到我了吧。

守静可贵,守德更可贵。

记得,有篇文章这样对我评论:"无论是改革开放大潮兴起还是步入新千年社会巨变的时代,赵静既没有随波逐流卷进明星出国潮,也没有弃影从商,尽管她在《中国商人》中出色地扮演了一位商界女大亨,现实中的赵静面临利益诱惑,从来不为所动,她始终没有忘记自己的初心,一直安静下来沉淀自己。"

确实,出国潮风靡的时候,我安之若素的留在国内,陆续拍了《问天何时明》《有情人》《周恩来——伟大的朋友》《风雨上海滩》等作品。新千年之后,《大漠军魂》《夜雨霏霏》《北平小姐》等电视剧中都有我的身影。2006年,我参演了纪念红军长征七十周年献礼影片《中国1949》,在片中我饰演国母宋庆龄。

演戏间隙,我还参加各种社会公益活动,如建党八十周年"永远的阳光"诗歌朗诵音乐会、"爱心助残·德艺双馨"为主题的联欢演出、"中华情:电影时光"大型电视晚会演出、建军八十周年献礼大型音乐情景诗剧《军魂》等,还与表演艺术家秦怡、梁波罗等人参加上海市为汶川地震的赈灾义演。通过不同的公益活动,传播爱心和正能量。先后被评"上海市三八红旗手""新长征突击手""先进工作者"和"优秀共产党员"。

有人说,我在演艺圈是一股"清流"。

2003年,上海电影集团公司在我的情况介绍中,写道:"在社会生活中,赵静为人正派,遵纪守法,具有一定的参政议政能力。她从不制造新闻渲染自己,而是靠扎实的演艺生涯和生动的银幕形象来面对观众。"

这是对我的最大肯定,也是我继续前进的指南。

话说回来,像我这样的"清流",我们上影剧团很多。在我前面,榜样成队成排。

2018年,八十三岁的老演员牛犇老师成为一名光荣的中共党员。习近平总书记特地给牛犇老师写信:"得知你在耄耋之年加入中国共产党,实现了自己的夙愿,我为此感到高兴。你把党当作母亲,把入党当成神圣的事情,六十多年矢志不渝追求进步,决心一辈子跟党走,这份执着的坚守令人感动……"牛犇老师怎么都没有想到习近平总书记给他写信。他用"文艺界的小巴辣子"形容自己,直言"我只有力所能及、全身心投入去做好党组织交给我的工作,才能对得起这份厚爱。"

牛犇老师的话,就是我的心里话。牛犇老师的荣誉,也是我们大家的荣誉。

我珍惜这样的荣誉!

荣誉和荣耀两码事。

"人,要有一颗干净的心。无论相貌,无论着装,心的通透是最明亮的;不分贫富,不分高低,心地善良是最可贵的。"我说。

有些人穿着打扮追赶名牌,动辄上千上万,觉得那样才时髦尊贵。可我,有人说,明明很简单、低调的穿着,却偏偏穿出不一样的味道。

高档的衣服,要送高档洗衣店,我的衣服都是手洗,家住水电路时,洗衣机都没买。

勤能致富,俭可持家。

三十多年前,《时代青年》杂志一位记者前来采访,他在上影厂接待处等候,我穿一身深蓝色咔叽布制服去和他见而。采访结束,记者要为我拍照,说让我换件较为入时的衣服,我愧疚地说:"抱歉,你不会相信吧,我只有这两件衣服。"

说完,我顺手从挎包里拿出一件浅灰色的上衣,说:"这还是上月我母亲从郑州来看我,在上海给我买的。"

就这样,我穿着灰色的上衣,蓝色咔叽布裤子,背着我哥哥送我的草绿色军挎包,让记者照了一张像。

老照片还在,青春不在了。

但我仍然不自卑。年轻时,扮演年轻的;年老时,扮演年老的。电影演员不存在"吃青春饭"一说。

我之所以让人觉得年轻,是我的心态不老,心态平和。和气待人,我就拥有了朋友。

这中间的道理虽不复杂,但很多。有些可以言传,有些也不好明说。就像画画留白,要给别人想象的空间。

有位记者在报道我时,用了一个词——"半透明"。

文章这样写道:"也许正是她这颗半透明的心促使导演想去挖掘她,促使许多影迷想去探索她……而这颗半透明的心又特会为她带来好运,使她在银幕上创造出更多更美的形象来。"

我想,这话像我。我就是我,一个平凡的我。

我叫赵静。

后记　静对出书

出书？我从来没有想出一本写自己的书。

还记得，二十世纪八十年代初，有记者要为我写一本"传记"式的报告文学，我笑着婉拒了，觉得真的没啥好写的。而今三十年过去了，我也从二十多岁到了六十多岁，又提写书，真没想过。

2018 年 8 月，在上海展览馆的上海书展上，我应邀参加好几位友人的签名售书活动。台下是热情的读者，台上是梁波罗、曹雷、淳子等友人，他们将自己的著作捧献给大家，观众报以热烈的掌声，那情那景，非常感人。看到朋友纷纷出书，我心有涟漪，但仿佛微风轻吹，掀不起一片波澜。

倘若让我也出一本书，不知道要写些什么？写出来会有人看吗？

要说自己在学习上肯下功夫，一点不假。比如学唱歌、学朗诵、学画画，有些也算无师自通，因为我喜欢，再苦再难我都不怕。我的声乐老师说我学唱歌像一匹野马，什么歌都敢唱，我也给自己的定义是"傻学"。然而说到写书，我真没有这个傻劲，也缺少了这股野性。

但我这人经不住软劝，受著名作曲家陈钢老师再三邀请，到最后他又请来了生活·读书·新知三联书店的赵炬老师和徐旻玥编辑，拟定了选题和写作时间，并说写好了争取参加在上海展览馆举办的上海书展。

我无路可退了！

我翻出自己的日记本、平时写的一些稿件，但反复看总觉得不行，再看看朋友写的书，像梁波罗的《艺·述》、刘子枫的《痴戏醉墨》，思路广阔，挥洒自如，文辞非常优美，更觉得自己的文笔相差悬殊。

摆在我面前的实在是一道难关。

这时，我感到像学唱歌、学画画一样，需要拜师。我想到我先生的战友杨德昌，他是一位军旅作家、记者，出版多部长篇小说、长篇纪实文学，并为军内外许多著名人士写过多部传记，我决定向他求教。

我和他认识二十多年了，一直把他当成大哥。尽管他手头写作任务繁多，但因听说我要写书，便欣然答应尽力帮我。

在他的指导下，我们先列提纲，再做了两千多分钟的访谈录音。录音整理出来后，又教我怎样减头绪，怎样立主线，怎样起承转合。

然而，从哪些方面入手，又将自己写成一个怎样的形象，我又卡壳了。

这时，有朋友说，我就像一束兰花，要写出兰花的气质。杨大哥提醒我，写自传，可以带点自嘲，却不可自诩、自夸。

又说，文学作品不同于影视作品，电视直接用图像影响观众，它甚至忌讳思考，因为思考会妨碍观看。而文字是抽象的符号，它要求阅读的同时思考，否则就不能理解文字的意义。再说，影视中的语言再精彩也是惊鸿一瞥，再拙劣也是一掠而过，书面文字则不一样，读者会细嚼慢咽，稍有偏袒，读者就不会看好它了。

他建议写一个真实、可信的自己，用真情讲好自己亲身经历的人生故事去打动读者。而到了全面铺开之后，他说，人物传记既要强调可信度，也要注重可读性。文章，一是指文笔，二是讲章法，平铺直叙一根线，清水寡面一锅汤，不行。

我说我一点写作技巧都没有，他一笑说，写作的最高境界恰是无技巧呀。不要顾东望西，心里有什么，笔下写什么，不怕写不好，只怕没初稿！

这些话，都对我启发很大。

俗话说，开弓没有回头箭。

我努力前行。初稿出来后，杨大哥又帮我做了认真的删改和调整。在此，我要对杨大哥说一声发自内心的谢谢！

我还要感谢陈钢老师，他不仅为此书写序，而且时刻关注写作进度。可以说，没有他的鞭策，我恐怕就半途而废了。

还要感谢王群老师为我作序。他代表着我们艺术群里的师长、同事们对我给予的鞭策和期望。

诚然，还要感谢我先生丹宁军、儿子丹鹏举和我微信群里所有朋友的支持与鼓励。

历经半年，终于成稿了。我有自知之明，书中肯定存在诸多不尽如人意的地方。丑媳妇总要见公婆，真正出版了，还望专家指正、读者见谅。

跋　无题且静听，有才当赋诗

杨德昌

2018 年，10 月。赵静邀请我一起去拜访陈钢先生。

我像刘姥姥进了大观园一样，走进设在上海国际贵都大饭店的"克勒门文化沙龙"。

弹指间来上海二十年，其中当博物馆馆长十年，我对上海的历史文化略知二三。"克勒门"中的"克勒"是舶来语。英文中的"Carat"指钻石的重量单位。西学东渐，"克勒"一词在上海流行，久而久之，"老克勒"成了最先受到西方文化冲击、兼有绅士风范的代名词，而中西结合，洋为中用，就形成了一定时期开放而多元的海派文化。

而今，这种海派文化，在著名作曲家陈钢先生掌门的"克勒门文化沙龙"得到生命的延展。典型的海派文化人，就是眼前的陈钢先生。

他身姿斯文，气度不凡，尽管人近老年，但眉宇之间那种儒雅飘逸的神采足以让都市的一切繁华黯然失色。

他用一曲钢琴，欢迎我们。

悠扬动听的音符回荡在大厅，仿佛钢珠撒向冰面，透骨分明，瞬间转入强音，又犹如深海的咆哮，荡人心魄。

回旋在耳畔是一股不绝的力量震撼着灵魂。这不是家喻户晓的《梁祝》，但我知道《梁祝》融汇着陈钢先生的血脉。

我们今天来，不说《梁祝》。话题围绕赵静。陈钢先生策划在"克勒门文丛"纳入一部以赵静生平为题材的人物传记的书。

我和赵静的先生丹宁军是战友，当年同在海军东海舰队文工团，他是话剧演员，我是文学创作员。因丹宁军，我认识了赵静。

欣赏一个人，始于颜值，敬于才艺，合于性格，久于善良，终于人品。

赵静是我心目中的"女神"。笑容总是明媚单纯，目光干净得仿佛世界最清澈的水，不带一丝污染。她是著名电影演员，在近百部影视剧中扮演主角和主要角色，拥有众多的影迷。

2018 年，晚秋。赵静应邀参加上海朵云轩"稼墨骋怀——单瑞成书法展"开幕式。单瑞成是知名书法家，来自家乡东台市的政协主席鲍宇、原文化局长陈红兵和鉴定家丁金锋等人意外发现了赵静，立即掀起了一个"赵静来了"的小浪潮。谦和的赵静从容地与大家见面、合影留念。鲍宇将照片用微信发给家人，女儿不相信是真的，要求与赵静视频通话。数百公里外的女儿在视频上看到赵静分外激动，说她是赵静的"铁杆粉丝"。

演员成名了，到哪都受欢迎。但是，演员不是那么好当的。都看到了明星身上耀眼的光环，没看到光环背后的汗水和泪花。台上一分钟，台下十年功呀。

赵静是凭自己的形象、才华和人品立足于影坛的。

在这个有了"百度"的时代，信息的获取实在便利得很。稍加搜索，《大众电影》《时代青年》《惠州日报》等地方报刊的人物专访——《赵静：心中若有桃花源，何处不是彩云间》《赵静再续银色之梦》《赵静：人美，艺美，心美》《赵静的追求》《难忘 30 年》《赵静：静待皎月归》……至今还贴在网上。

这都是正能量。然而，大众对八卦的热衷度永远比影视作品本身要高出许多。个别媒体人一向刁钻，我当过随军记者，也跟玩八卦的狗仔队记者打过交道。任凭巧取豪夺，唯独没有人能捕捉到赵静一条"花边新闻"。

演艺圈真的不怎好混。

演艺圈也有光怪陆离。

现在追捧小鲜肉,真人秀。倘若演员清新靓丽,只要是阳光春风的形象大众肯定喜欢,人气随之高涨,观众呼应"转粉"。只是,随着名望擢升,负面消息和绯闻也结伴而来。有人说,为了节目卖座,现在大家都这么炒作,增加看点和茶余饭后的谈资。而某些节目为了提高收视率,过分制造敏感情节的话题度,再刻意剪辑组合,将莫须有的隐私搞得活像真的。

赵静自己说,心里有风景,眼里无是非。正如上影集团公司对她的评价,她从不制造新闻渲染自己,更没有绯闻。用一句时尚而带有文采的话——爱惜自己的羽毛。

俭以养德,静以修身。

她爱唱歌。歌声带着几分空灵,感情饱满,声线迷人,听得人如痴如醉。

她爱绘画。看她画的牡丹,色彩绚烂夺目,真是让人有一种美丽的心情。

她爱朗诵。声音优雅,仿佛春天飘过的暖暖的风,让人浑身的毛细血管都舒展开来,愉悦到了极点。

再看她一副十指不沾阳春水的文静样子,做出来的菜肴竟然那么可口,往往令人胃口大开。

这就是活生生的赵静,而且在鬼门关转了几圈曾经命悬一线的赵静。她用笑容走过一个个与命运搏斗、刻骨铭心的日子。

但她不是孤身奋战,她背靠一个守望她的家庭。

无论是男人还是女人,婚姻都是人生最重要的一次选择。

东方华人从远古走来,左是汉唐,右是明清,前有民国,后有当今,一脉相传习惯于男外女内。人常说,一个成功的男人后面一定站着一个坚强的女人。但我说,一个光彩亮丽的女人旁边,肯定伫立着一位大度而甘愿奉献的男人。

赵静身旁这个男人,就是她的终生伴侣丹宁军。

丹宁军,我的战友,你是好样的!

生活,是一张胶片,每个人都是自己的风景。风景,因走过而美丽;人生,因行进而精彩!

谁也不可以重复昨天的故事。然而,昨天的故事,却能反思自己,启迪他人。

基于这样的共识,陈钢先生的倡议得到大家的响应。唯有赵静本人并不情愿,缺少底气。一是,出一本写自己的书,成吗?二是,自己的文字功力,行吗?

她慢悠悠地说,语调淡然好像在谈论窗外的天气。

这时,我才知道赵静邀请我来的意图,作为大哥,我坦诚地说:"只要你写,我可以助你一臂之力!"

她的唇角勾起一丝笑靥,若有所思的眼眸像积淀了大海的深蓝。我是一名海军,长年与大海相伴,领略这种深蓝中对我的信任。

事情就这样敲定了。

这是一部访谈实录,以第一人称手法,书名《静待花开》。赵静书写、口述,我帮助整理。

很快,我们拟好了写作提纲。很快,她送来了她曾经写过的文稿和别人在报纸杂志上写她的文章。接着,我俩按照写作提纲,静静地坐下来,做了近两千分钟的访谈录音。

她娓娓道来,如数家珍。从个体故事,切入日常生活。感恩向善,触景生情。访谈中,我犹如风雨兼程的暴走,被不断摄入的大量信息冲击着,与其说抵达人心深处,不如说是通往人性深处。

她有精彩的人生,她更有纯净的心灵。

她的叙述,淡而有味。淡淡的,绵绵的,像没有味精和盐的白粥滋补养人。

她的行文，散中见情。语言不但准确、精致、优雅，而且富有诗的想象和张力。

她说的话又很普通，但普通的就是普遍的。

她的表达没有一点粗俗和油腻，展现的是一道舍弃物欲横流的精神地平线。

我想，这就是一个时代的精神叙事。心中有一个更大的精神坐标，扬升着人生直面挑战、奋斗不止的命题。

习近平总书记在看望参加全国政协会议的文艺界、社科界委员时强调：以精品奉献人民，用明德引领风尚。

我不能说，《静待花开》已经站在"为时代立传"的高度，但我在帮助整理中，从开篇"人初静"到尾声"静夜思"，转合有节，张弛有度，一路风情，酣畅淋漓，可以毫不迟疑地说，这是一部可亲、可信、可读性强的好书。

无题且静听，有才当赋诗。赵静把《静待花开》捧献给读者，我相信读者一定会喜欢。

赵静艺术年表

主要电影作品：

1976 年，《新风歌》

1977 年，《冰山雪莲》

1979 年，《海之恋》

1980 年，《巴山夜雨》

1980 年，《车水马龙》

1981 年，《笔中情》

1982 年，《闪光的彩球》

1984 年，《两个少女》

1984 年，《街上流行红裙子》

1986 年，《鸳鸯楼》

1991 年，《有情人》

1992 年，《魔窟生死恋》

1997 年，《周恩来——伟大的朋友》

2003 年，《风雨上海滩》

2006 年，《中国 1949》

2014 年，《婆婆妈妈》

2015 年,《项链密码》

2016 年,《我是医生》

2017 年,《勇敢往事》

主要电视剧作品：

1979 年,《卖大饼的姑娘》

1979 年,《选择》

1980 年,《茶圣陆羽》

1985 年,《月牙儿》

1987 年,《风动女杰》

1988 年,《弄潮女》

1988 年,《吴玉章》

1992 年,《风雨丽人》

1993 年,《中国商人》

1993 年,《他们拥抱太阳》

1995 年,《金融潮》

1996 年,《大宋贤王》

1996 年,《天网》

1997 年,《岁月如歌》

1999 年,《生死存亡》

1999 年,《电影春秋》

2000 年,《姐妹情深》

2000 年,《人生有缘》

2001 年,《爱的弯道》

2003 年,《夜雨霏霏》

2003 年,《狱中丽人》

2003 年,《撑起生命的蓝天》

2004 年,《星梦缘》

2004 年,《豪门惊梦》

2004 年,《欢颜》

2004 年,《抢滩大上海》

2005 年,《午夜阳光》

2006 年,《同学》

2006 年,《无国界行动》

2007 年,《北平小姐》

2008 年,《雷霆纵横》

2008 年,《母仪天下》

2009 年,《爱在日月潭》

2012 年,《永远的母亲》(别名:《粉墨》)

2015 年,《杀出黎明》

主要话剧作品:

1995 年,《大劈棺》

2013 年,《阳光驿站》

2017 年,《大世界》

2019 年,《日出东方》

大型音乐情景剧:

2007 年,《军魂》

原创朗诵音乐剧:

2019 年,《苍穹之恋》